∂

QUETZAL ave trepadora
da América Central,
que morre quando privada
de liberdade; raiz e origem
de Quetzalcoatl (serpente
emplumada com penas
de quetzal), divindade
dos Toltecas, cuja alma,
segundo reza a lenda, teria
subido ao céu sob a forma
de Estrela da Manhã.

Conta-me que decidiu, há alguns
anos, visitar a família em Portugal.
Um dos funcionários, na fronteira,
estranhou que uma senhora de pele
tão clara, falando um português
primoroso, lhe apresentasse
um passaporte indiano:
– A senhora não é portuguesa?
Chorou:
– Sou portuguesa, sim, meu filho,
no coração sou portuguesa.
Mas obrigam-me a usar esta coisa.
A coisa era o passaporte.
Os funcionários, conta ela,
riram-se muito. Joaquim, o filho
mais novo, assiste à conversa.
É um sujeito alto, moreno,
de cabelo lustroso. Percebe-se,
ao contrário da mãe, que tem
sangue indiano. Ele, como
os quatro irmãos, nunca foi
a Portugal. Mas também se sente
português:
– Somos portugueses. Portugueses
da Índia. Não temos nada a ver
com esta gente.

José Eduardo Agualusa

Um Estranho em Goa

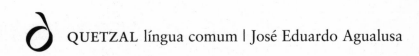

QUETZAL língua comum | José Eduardo Agualusa

Título: Um Estranho em Goa
Autor: José Eduardo Agualusa
1.ª edição: outubro de 2013
Reimpresso em janeiro de 2017
Revisão: Carlos Pinheiro

Design da capa: Rui Rodrigues · Quetzal Editores
Fotografia da capa: © David Trood
Mapa das pp. 8 e 9: Nicolas Sanson (1692)
Pré-impressão: Fotocompográfica
Execução gráfica: Bloco Gráfico
Unidade Industrial da Maia

ISBN: 978-989-722-126-2
Depósito legal: 363 113/13

Quetzal Editores
Rua Prof. Jorge da Silva Horta, 1
1500-499 Lisboa PORTUGAL
quetzal@quetzaleditores.pt
Tel. 21 7626000 • Fax 21 7625400

Edição segundo as regras do Novo Acordo Ortográfico
da Língua Portuguesa.

Um Estranho em Goa

EMPIRE DV G

GVZVRATE.

Taquete

Terem R.   Cotiana

Mangalor   Palitana

Patan   Nagacery   Aloha

Cambaia

Goga   ou   Ambari

Chanpanel

Barodur   R. N.

CAM=   Sasse

Baroche

Nacampore

Surate   Badur

DIV   I. dos Mortos

Daman   Nauban

BAYE.

Golfe de Cambaye

Tarampor

Manora

Aserim

Baca: Bochara   Doltab

Tana   im

Menin   BA

Batu R.   Lispo

Oranubasn=

manna

O C E A N.   ou

Chaul   Amedana ger=

Audanager

Dabul   DECAN

Helewacko R.   Zanguizara   Visapor   Beder

Zanguizara R.   ROYAV

Contapor   GVA

Rasapor R.   Soliapor   Pelago.

Carapatan   Paranda

Pagode   CVNCAN

Bala   Ternedes   DE

Copora   Bardes

Choran I.   Goa   Tripiti

Divar I.   Morgan

Salsette I.   BIS=

I N D I E N =   Aliga I.

Angedive I.   Sintacara

C. de Ramos   Cuor   AV   Bisnagar ou

Mergen R.   Corcopa   Chandegri

Onor R.   Pedrur   NAGAR.

Baticala   Maiadur   DE

Barcelor   Bendor   Cirangapatan

Bacanar

Carcara   NA   Chahiver

Mangalor   Cacerate

Manciron   Cindam.

Cumbala

Cangorecora R.   Cangorecora

Cananor   Cota   Mangale

Calicut   Catagan   Crinila

Salavace

Tanor   Curiga   Pimienta   Periapitin

Triuar   Calecur

Cranganor   Muterte   Bonban

Cochim   Ango   Punicale

Porca   male   Tuticori

Calecoulan   Maduro

Coulan   Malle   Brimaon

Travancor   Piaipar   Manapara

Cap de   Comori

Presqv'Isle

de L'Inde

deça le Gange,

où sont les Royaumes, de

DECAN, de GOLCONDE

de BISNAGAR, et le

MALABAR.

Par N. Sanson d'Abb:

Geographe du Roy.

ISLES MALDIVES

Tilla dou Matis   A. d' winter scu:

Para a Verónica.

Plácido Domingo contempla o Mandovi

Onde será que isso começa
A correnteza sem paragem
O viajar de uma viagem
A outra viagem que não cessa?

Caetano Veloso, O *Nome da Cidade*

Los viajes son una metáfora, una réplica terrenal del único
viaje que de verdad, importa: el viaje interior. El viajero
peregrino se dirige, más allá del último horizonte, hacia
una meta que ya está presente en lo más íntimo de su ser,
aunque aún siga oculta a su mirada. Se trata de descubrir
esa meta, que equivale a descubrir-se a sí mismo; no se
trata de conocer al otro.

Javier Moro, «Sedentarios que dan vueltas», *Altair,*
inverno de 2000

1

As GRALHAS, LÁ FORA, ralham umas com as outras. Arranham a noite numa algazarra áspera. Viro-me no colchão tentando encontrar um pedaço fresco de lençol. Sinto que estou a ser cozinhado ao vapor como se fosse um legume. Salto da cama e sento-me no parapeito da janela. Se fumasse — nunca fumei — seria agora a altura certa para acender um cigarro. Assim, fico a olhar a enorme figueira (*Ficus benghalensis*) no quintal, tentando seguir entre as sombras o combate das gralhas. Não sopra o alívio de uma brisa. A noite, porém, girando por sobre Pangim imensa e límpida, com a sua torrente de estrelas, refresca-me a alma.

Penso nesta frase e não gosto dela. Está uma noite de cristal, funda, transparente, e isso produz, realmente, uma certa sensação de frescura. Acho que do que não gosto nesta frase é da palavra alma. Alma parece-me uma palavra muito grande. Já toda a gente abusou dela, poetas medíocres, filósofos, guerreiros, conspiradores, mas ainda assim continua enorme. Risco a alma e mantenho as estrelas. Nas grandes cidades não é possível ver as estrelas.

Volto ao quarto e ligo o computador. A frase «O que faço eu aqui?», título de uma recolha de textos de Bruce Chatwin, desliza lentamente no ecrã. Uso-a desde há muito como cortina de proteção. Nesta cidade remota, à uma hora da madrugada, parece-me uma boa pergunta.

Uma vez uma jovem jornalista quis saber porque é que eu escrevia. Os jornalistas menos experientes costumam perguntar isto a quem escreve, para ganhar tempo, enquanto pensam no que vão perguntar em seguida. Há quem assuma, com ar trágico, que a literatura é um destino: «Escrevo para não morrer.» Outros fingem desvalorizar o próprio ofício: «Escrevo porque não sei dançar.» Finalmente existem aqueles, raros, que preferem dizer a verdade: «Escrevo para que gostem de mim.» (o português José Riço Direitinho) ou «Escrevo porque não tenho olhos verdes.» (o brasileiro Lúcio Cardoso). Podia ter respondido alguma coisa deste género, mas decidi pensar um pouco, como se a pergunta fosse séria, e para minha própria surpresa encontrei um bom motivo: «Escrevo porque quero saber o fim.» Começo uma história e depois continuo a escrever porque tenho de saber como termina. Foi também por isso que fiz esta viagem. Vim à procura de uma personagem. Quero saber como termina a história dela.

2

«HÁ ALGUM TEMPO QUE PRETENDO CONTAR a história de
Plácido Domingo. Hesitei em fazer isso antes porque já
existe o Plácido Domingo, o tenor, mas nunca me confor-
mei. Certos nomes deviam ser obedecidos, isto é, deviam
implicar um destino.»

Escrevi, há alguns anos, um conto que começava assim.
Muita gente me perguntou se a história era verdadeira.
Costumo insinuar, quando a propósito de outras histórias
me fazem idêntica pergunta, que já não sei onde ficou
a verdade — embora me recorde perfeitamente de ter in-
ventado tudo do princípio ao fim. Naquele caso fiz o contrário. «Tretas», menti, «pura ficção». Disse isto porque
queria encontrá-lo. Inventei um nome para ele, ou nem isso, dei-lhe o nome de outro homem.

No meu conto, Plácido Domingo, um velho de pele
dourada, seco, gestos demorados, a fala antiga e cerimonio-
sa de um cavalheiro do século XIX, vive em Corumbá, pequena cidade nas margens do rio Paraguai, junto à fronteira
com a Bolívia. Nessa altura, é claro, eu já sabia que Plácido
Domingo se havia escondido em Goa.

«Imagino-o a descer todas as tardes a mesma rua deserta. Vejo-o sentar-se no café, junto ao cais, de frente para as largas águas do rio. O dono do café, um índio melancólico, cumprimenta-o sem se mover:

— Boas tardes, *señor* Plácido!

O velho responde inclinando levemente a cabeça. Com as lentas mãos desdobra o lenço e limpa o suor da testa. O tempo enrosca-se aos seus pés como um cachorro vadio. Plácido Domingo, a minha personagem, esconde, debaixo do grande sol de Corumbá, sob a mansidão de um quotidiano sempre igual, um antigo segredo. Na cidade ninguém sabe de onde ele veio. Chegou há vinte anos num vapor cansado, alugou um quarto no Hotel Paraíso, e por ali ficou. Uma vez por semana Plácido Domingo cruza a fronteira e vai até Puerto Suarez. Encontraram-no uma vez remexendo velhos trastes cobertos de poeira, num sombrio barraco de bugres, e foi quanto bastou para que dissessem que se dedicava a comprar e a vender as famosas cabeças reduzidas dos jívaros. Insinuaram-se até coisas piores. Sentado na sua cadeira, Plácido Domingo espera que o índio lhe traga, como todas as tardes, o caldo de piranha. Leva devagar a colher à boca e deixa que o calor lhe dilate o peito. Revigorado, abraça-se à bengala e fica ali, a olhar o rio, à espera de que a noite se deite por inteiro, como uma manta de estrelas, sobre os sobrados tristes, a imensa planície inundada, a áspera gritaria dos pássaros. Foi naquele café, precisamente àquela hora, que eu o encontrei.

Logo que o vi soube que era ele. Trouxera comigo velhas fotografias. Numa delas Plácido Domingo estava vestido de camuflado e estudava um mapa. Era um homem bonito, alto e sólido, de bigode e pera ao estilo da época — todos os homens queriam ficar parecidos com Lenine. Numa outra fotografia aparecia encostado a um jipe, sorrindo, rodeado por jovens guerrilheiros. Havia ainda uma imagem preciosa: Plácido Domingo, com uma metralhadora a tiracolo, ao lado de Agostinho Neto e de Mário Pinto de Andrade. Coloquei as fotografias em cima da mesa:

— Comandante Maciel?

Ia a dizer, presumo, mas contive-me. O velho olhou para mim sem surpresa:

— Demorou muito, meu jovem.»

Trouxe as fotografias comigo. Espalho-as sobre a cama. Conheço de cor cada uma delas. Existe de facto essa imagem preciosa: Plácido Domingo, com uma metralhadora a tiracolo, ao lado de Agostinho Neto e de Mário Pinto de Andrade. Continuemos:

«Eu estava em Corumbá há uma semana. Viajara durante dois dias, de ónibus, entre o Rio de Janeiro e Campo Grande. Em Campo Grande entrevistei o poeta Manoel de Barros. Já a caminho de Corumbá, enquanto o ónibus seguia aos solavancos por uma estrada de terra, tive tempo para reler a minha coleção de artigos sobre o comandante Maciel. Pouca gente conhecia o seu verdadeiro nome: Plácido Afonso Domingo.

Em 1962 ele era capitão do exército português. Nesse ano, numa operação cujo escândalo o regime de Salazar não conseguiu sufocar, desviou um avião para Brazavile e juntou-se aos guerrilheiros do MPLA. Desaparecia o capitão Afonso Domingo e nascia um mito: o comandante Maciel. Após a Revolução de Abril desembarcou no aeroporto de Luanda, com outros dirigentes do movimento, e foi levado em ombros por uma multidão febril.»

Num dos artigos que eu trouxe, um recorte do jornal *Diário de Luanda,* com a data de 15 de agosto de 1974, há uma fotografia que mostra a chegada a Luanda de alguns dirigentes do MPLA. Um dos homens, em primeiro plano, parece intrigado e receoso. Consigo escutar, à distância de vinte e cinco anos, o coração dele: «Chegámos, minha mãe, chegámos onde?» No artigo não se faz menção ao comandante Maciel, mas disseram-me que veio com aquele grupo. Podia ser o tipo que aparece de costas, no canto superior esquerdo, abraçando uma mulher.

«A estrada corria por entre lagoas brilhantes. Vi os jacarés adormecidos ao sol. Vi uma sucuri enrolada num pau. Pouco a pouco o céu mudou de cor e as árvores encheram-se de pássaros: garças de asas luminosas, araras vermelhas, bandos de periquitos. As primeiras luzes de Corumbá brilhavam na noite quando me lembrei da velha cidade do Dondo (Plácido Domingo era do Dondo). Na manhã seguinte, ao contemplar o rio, compreendi o que levara o velho guerrilheiro a ficar ali. Aquele era o rio Quanza. As casas, adormecidas ao sol, repetiam o claro desenho das ruas do Dondo. Atordoado pelo calor, voltei a experimentar o estranho sentimento de me encontrar num lugar esquecido. O mundo passara por aquelas ruas e fora-se embora. O branco casario do porto pertencia a uma outra era, quando o futuro começava em Corumbá. Um velho pescador, limpando o suor do rosto com a ponta da camisa, contou-me que a cidade já fora o maior porto da América Latina. Eu conhecia a história. Primeiro a opulência, o fausto, a seguir a notícia de que o comboio avançara do litoral até uma cidade próxima, deixando o rio de ser o principal caminho. E depois o abandono.

Risquei a segunda pergunta do meu caderno de apontamentos:

— Porque decidiu viver em Corumbá?

A primeira pergunta, na verdade, é que me fizera percorrer aquela distância toda:

— O senhor saiu de Angola em 1975 e não regressou. O que aconteceu?

Plácido Domingo estava à espera de que eu lhe perguntasse aquilo. Acho que esperara vinte anos:

— Muito provavelmente você vai-se arrepender de me ter feito essa pergunta...

Em 1975 toda a gente acreditava que ele seria nomeado ministro da Defesa. Porém, poucas semanas antes da independência, Agostinho Neto enviou-o a Cuba, numa missão secreta, e nunca mais ninguém o viu. Disseram que a FNLA o atraíra para uma armadilha. Disseram que se zangara com Fidel Castro. Disseram que havia fugido com uma fortuna em diamantes. Disseram que morrera em Havana de um ataque cardíaco.

— Disseram muita coisa acerca de mim — concordou Plácido Domingo —, e nem se aproximaram da verdade.

Calou-se e eu pensei que ele não me iria responder. Mas respondeu:

— Trabalhei sempre para os portugueses. Fui agente da Polícia de Informação e Defesa do Estado, a PIDE. Quando desviei o avião para Brazavile levava como missão infiltrar-me nas estruturas do MPLA, e foi isso que fiz.

Compreendi que me teria contado toda a história ainda que eu não lhe fizesse nenhuma pergunta. Ele precisava de contar aquilo a alguém para que a sua vida parecesse ter sentido.

— A revolução apanhou-nos de surpresa. Num dia tínhamos o terrorismo quase controlado e no dia seguinte os terroristas estavam no poder.

Calou-se outra vez. Um barco apitou longamente enquanto se afundava na noite. O velho quis saber se Lúcio Lara já morrera. E Iko Carreira? Eu disse-lhe que os dois ainda estavam vivos. Ele suspirou:

— Imagine uma criança segurando um papagaio de papel. Imagine que alguém aparece de repente e com uma lâmina corta o cordel que segura o papagaio. Quando se deu o 25 de Abril eu senti-me como esse papagaio. Num dia possuía uma pátria, uma missão, era um soldado e cumpria ordens. No dia seguinte Portugal, aquele Portugal que era a minha pátria, já não existia, já não existia quem segurava os cordéis. Tudo isso deixara de existir e eu era realmente um terrorista pago por Moscovo.

Levantou-se e apontou com a bengala na direção do rio:

— O Quanza, não acha?

Perguntei-lhe se mais alguém, em Angola, conhecia aquela história. Plácido Domingo olhou para mim como se eu fosse uma criança:

— Havia mais gente infiltrada no movimento, é claro, e dois ou três jovens em posições importantes. Esses ficaram ao lado dos comunistas e hoje, possivelmente, ocupam posições ainda mais importantes.

Entregou-me as fotografias:

— Fique com elas. Esse homem não sou eu.»

3

Estou alojado num casarão antigo, decrépito, cujas paredes, de um amarelo prodigioso, dir-se-iam perpetuamente iluminadas pelo furor do crepúsculo. Chama-se Grande Hotel do Oriente. Apenas o nome, gravado numa larga placa de madeira sobre a fachada em ruínas, guarda ainda o brilho do passado irrecuperável. Há por aqui, em Goa, muita gente como este meu hotel. Os últimos descendentes da velha aristocracia católica ostentam nomes igualmente improváveis, tão portugueses que nem em Portugal existem mais, e fazem-no com o orgulho melancólico de quem tudo teve e tudo viu ruir e desaparecer. O povo, no entanto, usa-os sem entendimento, corrompe-os alegremente, à semelhança de um pobre merceeiro que achasse na rua uma edição rara d' *Os Lusíadas* e se servisse das suas páginas para rabiscar nas margens a contabilidade do dia.

Ao sair do aeroporto de Dabolim, aturdido pelo calor, o cansaço de duas noites sem dormir e sobretudo o confuso alvoroço da multidão em festa, abandonei a minha mala, aliviado, nas mãos do primeiro motorista de táxi. Tive sorte. Sal parece um tipo honesto e interessante. Católico.

O tabliê do carro, transformado em altar, proclama isso mesmo: há uma Virgem Maria dentro de uma redoma de vidro, com pequenas luzes coloridas que piscam ao ritmo da música, uma minúscula urna com o corpo incorrupto de São Francisco Xavier, um crucifixo de prata suspenso do espelho retrovisor. Porém, o que primeiro me chamou a atenção foi a bandeira azul e branca do Futebol Clube do Porto.

— Você fala português?

Sal riu-se:

— Bom dia...

O português dele, infelizmente, resume-se a isto. Um táxi com a bandeira do Futebol Clube do Porto é uma coisa que apenas esperava encontrar na cidade do Porto. Se fosse do Sporting ou do Benfica, clubes menos regionais, não estranharia tanto. Ontem, curiosamente, em conversa com o escritor Mário Cabral e Sá, soube que nos anos cinquenta se chegou a criar um Futebol Clube do Porto de Siolim: «Copiávamos tudo de Portugal.» — disse-me ele com amargurada ironia. O táxi de Sal também tem uma bandeira portuguesa, colada no vidro posterior, ao lado de outra da União Europeia. Finalmente — foi isso que me conquistou — Sal deu ao seu carro um belo nome, Princesa de Goa, e escreveu-o a tinta dourada em ambas as portas.

O meu motorista (há seis dias que ando com ele) odeia os hindus. «Se houver uma guerra na Índia entre mouros e hindus», confidencia-me, e dir-se-ia interessado em que isso aconteça, «nós, os católicos, vamos apoiar os mouros.» Nos últimos meses têm surgido na imprensa alguns artigos exigindo ao papa que peça perdão, em nome da Igreja, pelos crimes que o Santo Ofício cometeu na Índia. Isto deixa Sal verdadeiramente enfurecido:

— A Inquisição — defende — foi um assunto entre católicos. Ninguém importunou os hindus.

Podia responder-lhe que todos em Goa eram hindus antes das conversões em massa, e que essas conversões se conseguiram bastantes vezes pelo terror — mas não vale a pena. Tenho ao meu lado um guerreiro numa cruzada:

— Olhe bem para os deuses deles. Homens com cabeça de elefante, outros com cara de macaco, mulheres com seis braços, como as aranhas, é uma coleção de monstros! Não entendo como alguém pode adorar figuras assim. Agora olhe para a Nossa Senhora, tão linda, veja como a luz se desprende dela...

Disse-me isto apontando para a imagem no tabliê, com as luzes dançando ao ritmo dolente de um bolero, e desse modo me foi catequizando. O carro, um velho *Chevrolet*, movia-se aos sobressaltos através de uma paisagem extravagante, muito verde, de um verde sufocador, em meio ao qual irrompia de quando em vez o prodígio barroco de uma igreja. A luz declinava, morria, quando uma chuva brusca caiu sobre a estrada. Assim que desapareceu, tão depressa como havia chegado, vi que emergíamos em meio a um horizonte liso e dourado de campos de arroz. Havia coqueiros ao fundo. Arroz e cocos: foi disto que Goa viveu durante séculos, além da fé, é óbvio.

Susana Baca cantava com uma voz de milagre. «*Esta tarde llueve, como nunca / y no tengo ganas de vivir, corazón / Esta tarde es dulce / por qué no ha de ser?*». As cassetes são minhas. A música negra da América Latina harmoniza-se com o excesso e o cansaço. Atravessámos pequenas cidades que a humidade escureceu. Lembram despojos de um naufrágio abandonados ao acaso sobre a praia. À medida que nos fomos aproximando de Anjuna comecei a ver estrangeiros, a pé, de bicicleta, a maior parte de lambreta. Alguns eram velhos *hippies*, aparentando ainda mais idade pelo esforço que revelam em se aproximar dos jovens, o cabelo já ralo, grisalho, apanhado num rabo de cavalo, lenço ao pescoço, tronco nu coberto de tatuagens. Duas moças loiras, de motorizada, passaram por nós, ziguezagueando perigosamente, tão perto que eu consegui ver o medo nos olhos da que seguia atrás. Sal raramente ultrapassa os oitenta quilómetros por hora, mas isso, nestas estradas estreitas, é uma vertigem. Na retaguarda dos camiões está escrito: «*Horn — Please — OK*». E toda a gente buzina, por favor, de forma que as estradas parecem em permanente festa — ou em perpétuo estado de insurreição, depende da perspetiva.

Perguntei-lhe de onde veio aquele nome, Sal, inédito para mim. Estaria à espera, na Índia, de encontrar alguém chamado, sei lá, Pimenta, Cravinho, até Açafrão, mas nunca Sal. A resposta deixou-me atordoado. Pedi-lhe para repetir e ele, dessa vez, disse-me o nome completo. Torce-o, porém, tão cruelmente, que só quando o vi escrito o compreendi — Salazar Barata de Sousa. Perguntei-lhe se sabia quem foi Salazar. Sal olhou para mim ofendido:

— Um grande português.

Salazar! Prefiro chamar-lhe Sal, realmente, ou Sousa, Senhor Sousa fica-lhe bem. Se alguém lançar uma pedra, em qualquer lugar de Goa, é quase certo que vai acertar num porco, numa igreja ou num Sousa. Já me citaram este provérbio uma dúzia de vezes. O provérbio preferido dos goeses, contudo, é outro, mas infelizmente deixou de fazer sentido há pelo menos uns trezentos anos: «Quem foi a Goa não precisa de ir a Lisboa.»

Hoje, quarta-feira, faz-se feira em Anjuna. Desembarquei em Goa há menos de uma semana e já diversas pessoas me falaram na Feira de Anjuna. «Não vá», disseram-me, «para si não tem interesse nenhum.» Foi por isso que vim. Nunca deixo de procurar aquilo que os outros acham que não tem interesse para mim. À primeira vista, reconheço, isto não tem interesse. O mercado prospera à sombra dos coqueiros, mesmo na orla da praia. Não há nada que se não venda ali: panos estampados, sandálias de couro, cassetes de *trance music*, postais, artesanato em madeira, bijuterias, tudo isto a preços inacreditavelmente baratos. Comprei, apenas por causa da cor — um vermelho incandescente, tão intenso que queima a vista —, uma enorme coberta em algodão. Custou-me 350 rupias.

Escrevo estas notas sentado à mesa de um bar, um botequim ruidoso, onde se acumulam jovens (e não tão jovens) extraviados ingleses, alemães, israelitas, italianos, estranhos seres que não encontrei em Pangim. Confirma-se, pois, que os friques, os que restam, quando morrem vão para Anjuna. O bar parece ser o próprio coração do ruído. O tumulto organiza-se a partir daqui, concentra-se, ganha força, e depois espalha-se em vagas pela feira. Entalado entre um irlandês muito gordo, jovial, e uma americana de cabeça rapada, com umas belas sobrancelhas negras e um brinco no nariz, sinto-me um estorvo. Reparo, com horror, que a americana tem a língua fendida. O irlandês tira a camisa e mostra-me o tronco, tatuado com a figura de um dragão, mas a mim parece-me que a exibição se destina sobretudo a impressionar a americana.

Atrás de mim, separado por uma rede de arame, aninha-se na poeira vermelha um encantador de serpentes. Acho-o triste. Acho-o um desencantador de serpentes. As infelizes parecem mortas de sono, ou de tédio. Ou ainda, e é o mais provável — de fome. O homem faz ondular a flauta e elas levantam a cabeça com enorme esforço, mas não são capazes de acompanhar o ritmo, cabeceiam desamparadas, e regressam rapidamente para dentro das suas caixas de palha. As serpentes são surdas. Elas não reagem à música fascinadas pelo poder da melodia: o que fazem é seguir os movimentos da flauta à procura do instante exato para dar o bote. Aquelas, porém, nem isso. O encantador salpica-as com um pouco de água e repete o número.

Ninguém lhe presta atenção. Algumas destas cobras são realmente venenosas. O seu proprietário, porém, trata de lhes arrancar as glândulas que produzem o veneno. Às cobras píton chegam ao ponto de coser a boca. Morrem de inanição em seis ou sete meses.

O irlandês quer saber de onde sou. Angola, respondo, e no instante seguinte já estou arrependido. «Onde fica isso?» Digo-lhe que também não sei, talvez ninguém saiba, suspeito até que não fique em parte alguma, e ele ri-se gostosamente, com o corpo todo, como um africano, de tal forma que eu próprio me rio. Pergunta-me que língua falo. Português. «Ah, português!». E então diz, claramente, num português com carregado sotaque do Porto:

— Não me chateies, caralho!...

É cozinheiro (ou foi cozinheiro) e trabalhou muito tempo, em Nova Iorque, com um chefe português. Explico-lhe o que significa a frase e estamos nisto, trocando gargalhadas e palavrões, como velhos comparsas, quando passa diante de nós uma jovem europeia, muito alta, muito ruiva, vestida com um sari. É uma figura alheia, quero dizer, estranha à agitação que a cerca. Flutua de um lado para o outro, como se a soprasse uma bendita brisa, agacha-se um instante junto das quitandeiras do Nepal (anéis em prata soturna, colares de pedras preciosas, pesados brincos) e desaparece entre a multidão, seguida por dois cães negros, de pelo curto. Ocorre-me ao vê-la o verso solto de um samba:

— E ela pisava nos astros distraída...

O irlandês mostra-se tão surpreendido quanto eu:

— Caralho!...

Sinto-me subitamente muito cansado. A americana levanta-se e o gordo estende-me a mão e segue-a — «vejo-te mais tarde» —, com a avidez de um adolescente em plena tempestade hormonal.

4

SAL DISSE-ME QUE É DE LOUTOLIM. Perguntei-lhe então se toda a família nascera nessa aldeia. «Não», respondeu impávido, «Eu nasci em Pangim.» Levei alguns minutos a perceber que em Goa quando se pergunta a alguém, «*where are you from?*», a pessoa não indica o lugar onde nasceu, e sim a aldeia de onde a família é originária. Se soubesse o apelido de Plácido Domingo seria fácil encontrá-lo. Infelizmente ignoro quase tudo sobre a família dele e nem sequer consegui apurar o seu nome de batismo. Em Angola toda a gente o conhece — ou conhecia — apenas pelo nome de guerra. Lídia do Carmo Ferreira disse-me que ele nasceu no Dondo, filho de um médico goês e de uma enfermeira angolana, «uma mulata de sangue azul». Por isso não me surpreendi quando, anos mais tarde, soube que o haviam visto em Goa.

«*King Fisher,* a cerveja mais vendida na Índia, tem um gosto encrespado e límpido, que a faz amada por milhões.» A frase está no rótulo daquela que é, realmente, a cerveja mais consumida na Índia. Agrada-me, na frase, o gosto encrespado e límpido. Tento imaginar adjetivos mais apropriados para caracterizar o travo da *King Fisher* e não consigo. Há pouco desafiei Lili para um exercício:

— Pensa num fruto e descreve o gosto dele. Não a forma ou a cor. Apenas o gosto. Tenta fazer isso de maneira a que eu consiga adivinhar de que fruto se trata.

Lili saiu-se bem:

— Acho-o caloroso, talvez mesmo estridente, porém, no fundo, apaziguador.

Falava do fruto (o maracujá) como se fosse alguém da sua intimidade. É o que fazem os enólogos com os vinhos.

— Devias escrever poesia — disse-lhe. — Ou procurar emprego numa agência de publicidade.

Jantamos no Venite. Na última semana vim aqui todas as noites. Lembro-me de ter visto, já não sei onde, uma fotografia do revolucionário mexicano Fortuno Sorano, companheiro de Zapata e Pancho Villa, diante do pelotão que o fuzilou. Mãos nos bolsos, chapéu descaído sobre os olhos, um cigarro insolente ao canto dos lábios, Sorano sorri. Sabe que vai morrer, já está morto, mas o riso dele triunfa sobre a escuridão. É com a mesma grandeza que morre este prédio. No outro lado da rua, diante dos meus olhos, fica o Hotel Anandrashram. Tem janelas de um verde-marinho, com carepas, placas de madrepérola que coam os raios de sol, amaciando-os, transformando-os numa espécie de luar. As carepas, encaixilhadas em grades de madeira, são usadas em Goa desde há séculos. Faltam no entanto muitas carepas às janelas do Anandrashram (caem com facilidade), de forma que estas lembram bocas de velhos. A fachada, lilás, descascada, acrescenta-lhe uma melancolia insuportável. A mim, confesso, atraem-me os lugares assim. Gosto de ficar sentado numa das minúsculas varandas do Venite, como estou agora, a espreitar as pessoas que passam lá em baixo. Trago um pequeno caderno e escrevo. O ruído já não me incomoda.

Conheci Lili há uma semana, na Feira de Anjuna, e desde essa altura ela não tem deixado de me surpreender.

Vi-a pela primeira vez na Feira de Anjuna. Reparei nela porque trazia um sari belíssimo, azul-turquesa, e é raro encontrar uma estrangeira assim vestida. O caminhar absorto daquela mulher aliviava o transtorno em redor. Ao entardecer, no regresso a Pangim, voltou a chover. Ia tão distraído que só a vi quando Sal gritou:

— Olhe!

Havia uma mulher em pé, ao lado de um riquexó, na berma da estrada. O sari azul-turquesa parecia mais escuro por causa da água. A cabeleira ruiva, essa, ondulava ao vento, apesar da chuva, como se fosse uma bandeira de revolta. O motorista, ajoelhado junto ao veículo, lutava com o motor. Parámos e eu perguntei, em inglês, se precisavam de ajuda. O homem levantou-se, sacudiu a água do cabelo, e iniciou um discurso interminável, em concanim, que a mim me pareceu uma prece. Pedi a Sal que traduzisse. «Esse companheiro não sai mais daqui», disse Sal. Fiquei com a sensação de que isso o deixava feliz. Espreitei para dentro do riquexó e compreendi porque é que a passageira decidira esperar à chuva — aquela coisa não tinha tejadilho. O assento estava transformado numa pequena banheira.

Abri a porta do carro:

— Quer entrar? Levo-a para onde quer que seja, se for muito longe tanto melhor, qualquer lugar do Universo.

Estava disposto a transportá-la até Bombaim. Ela sorriu:

— O Universo é muito grande.

Lembrei-me de uma frase que vi, há dias, afixada num Teatro em Margão: «O Universo é um lugar muito grande, talvez o maior de todos...»

Ao lado havia uma outra frase: «O atual estado do nosso conhecimento sobre o Universo pode ser resumido assim: no princípio era o nada, e explodiu.» Contei-lhe isto, no meu inglês sem futuro, enquanto seguíamos para Pangim. Ela está hospedada no Hotel Mandovi. Ao fim de alguns minutos fiz a pergunta inevitável: «*Where are you from?*»

— Portugal.

Portugal? Alta, de ombros largos, rebelde cabeleira rubra, ela poderia ser escocesa, dinamarquesa, talvez alemã. Mas ninguém a imaginaria portuguesa. Tentei, sem sucesso, aliviar o ridículo da situação:

— Meu Deus, então porque estamos a falar estrangeiro?

Lili trabalha para uma conhecida instituição britânica, em Londres, como técnica de restauro e conservação de livros antigos, e veio a Goa procurar velhos missais. No caminho explicou-me a sua tese de licenciatura. Ela defende que as marcas deixadas num livro pelo seu manuseamento, ao longo dos séculos, fazem parte da história desse livro — eventualmente são essenciais para compreender essa história — e portanto não devem ser eliminadas. Por exemplo: «Um missal cujas páginas, referentes às leituras para defuntos, apresentem manchas intensas resultantes de manuseamento, leva-nos a pensar numa época, ou local, de elevada taxa de mortalidade.»

Fiquei fascinado:

— Significa isso que você, como restauradora, defende que não se devem recuperar os livros antigos?

Não. Ela acha que se devem restaurar os livros, mas sem apagar as manchas, o talento está em saber fixá-las, impedindo que alastrem e prejudiquem a leitura.

Quando chegámos a Pangim havia um fervor de cigarras pelas ruas. Acordei nessa noite, em pânico, sonhando que regressara ao Huambo, onde nasci, e que adormecera na minha cama de criança. Vieram então os anjos, milhares deles, montados em enormes gafanhotos de guerra, e começaram a bombardear a cidade. No meu quarto, no Grande Hotel do Oriente, alguma coisa batia ferozmente de encontro às paredes. Acendi as luzes e descobri uma cigarra, um bicho formidável, voltado de pernas para o ar na mesa de cabeceira. Endireitei-a e ela acirrou-se contra mim num estrídulo crescente. Não parecia possível que um inseto, mesmo grande e poderoso como aquele, fosse capaz de gritar assim. Há alguns anos, em Olinda, um estrídulo semelhante despertou-me a meio de uma noite de outubro. A janela aberta não ajudava a refrescar o quarto. Ao contrário, o calor entrava em golfadas húmidas, e com ele o alarme de uma máquina gloriosa, vermelha e brilhante, estacionada em frente à praça. Vi da varanda que se juntava gente à volta dela.

Reconheci algumas pessoas do bairro, em pijama, roupão, o rosto torcido de fúria. Discutiam, aos gritos, tentando alcançar um mínimo de entendimento acima do uivo metálico. Queriam saber de quem era o carro. Um sujeito sólido, em tronco nu, procurou abrir uma das portas para desligar o alarme. Eu já vira aquele rosto, via-o com frequência, mas não fui capaz de me lembrar onde. O homem sacudiu o corpo poderoso, coberto de pelos, reluzente de ódio e de suor, e puxou e empurrou, sem que o carro abrandasse o uivo ou a porta cedesse. O vizinho do segundo esquerdo, um mulato magríssimo, amarelo, de faces chupadas, que só se mantinha vivo por pura inércia (ou talvez por não ter onde cair morto) atirou o punho contra o tejadilho. Logo alguém acrescentou um pontapé. A máquina estremeceu e calou-se. Antes, porém, que a tensão se dissipasse disparou um berro terrível, agudo, que parecia

aumentar a cada segundo e possuía o poder de agravar
a febre da noite. Então toda aquela gente caiu sobre o ferro
cintilante, aos insultos, à pedrada, aos pontapés e eu vi
o homem de tronco nu segurando uma barra de metal,
a estilhaçar os vidros dos faróis, e depois, em triunfo, de pé
sobre o motor, enquanto o bairro inteiro aplaudia, urrava,
festejava, debruçado das varandas e das janelas. Ninguém
seria capaz de impedir o que aconteceu a seguir. A turba
agarrou o carro em peso e atirou-o, voltado ao contrário,
para o meio da praça. Regaram-no com gasolina e lança-
ram-lhe fogo. O uivo foi abrandando enquanto as chamas
estalavam, até se transformar num choro fino, num soluço,
num suspiro, até a noite o engolir de vez. Ficou apenas
uma espécie de cansaço à volta do corpo escuro. Sombras
de cabeça baixa. Fecharam-se as janelas. As pessoas regressaram em silêncio às suas casas.

Dois meses depois a carcaça continuava ali, cada dia
mais absorta, servindo de abrigo aos gatos errantes. Uma
tarde passei pela farmácia para comprar aspirina. O calor
emergia do chão, tão húmido e intenso que se nos abando-
nássemos a ele talvez conseguíssemos flutuar. A minha cabeça estalava.

O farmacêutico recebeu-me solícito. Era um tipo silen-
cioso e educado. Reparei pela primeira vez que tinha
braços grossos como um urso e só então reconheci nele
o homem em tronco nu que eu vira a destruir o carro. Uma
velhinha, com o cabelo pintado de azul-celeste, falava man-
samente. «Temos de acabar com isto», dizia. «Não podemos permitir traficantes no bairro.» Voltei para casa,
ofuscado pelo fulgor do céu, e com uma matilha de lobos
a lutar dentro da minha cabeça. Tirei uma aspirina, colo-
quei-a na boca, e enquanto ela se desfazia rapidamente, como uma areia amarga, dei-me conta de que sem a presença

da carcaça eu teria dificuldade em acreditar que aquilo de facto acontecera.

Olho a cigarra, agora, presa dentro de um copo de vidro, e já não sei se imaginei tudo — ou se sonhei. O calor, sim, acho-o exatamente o mesmo.

O observador de pássaros

— Comecei a fazer yoga por causa de um problema na coluna. Aprendi a manter-me quieto, absolutamente quieto, e passei a fazer exercícios desse tipo num lugar perto de minha casa, junto ao rio. Uma tarde sentei-me ali e ao fim de pouco tempo começaram a aproximar-se os pássaros, todo o tipo de pássaros, aves muito tímidas, como os guarda-rios. Um deles pendurou-se num ramo, a poucos centímetros de mim, de tal forma que eu podia distinguir o reflexo do meu rosto nos olhos dele. Mergulhou para apanhar um peixe e eu vi as cores do arco-íris brilhando nas escamas do peixe.

Pedro Dionísio, proprietário do Grande Hotel do Oriente, é aquilo que em inglês se chama um *bird watcher,* um observador de pássaros. Apaixonadamente — porque não há outra forma de se ser um observador de pássaros. Fomos ontem, eu e Lili, visitar com ele a Ilha de Divar, a que os portugueses chamavam Piedade, e que é a terra dos seus antepassados. Enquanto passeávamos, Pedro Dionísio explicou-nos como se começou a interessar pelos pássaros.

—Uma tarde estava a passear no campo, como agora, quando de repente alguma coisa se atravessou diante de mim, voando, com uma espécie de hélice resplandecente na extremidade. Passei o resto do dia a rir sozinho. Um turista inglês quis saber o motivo para aquele estado de euforia e eu expliquei-lhe que tinha visto alguma coisa, um prodígio, um enigma fulgurante que voava. Ele ouviu a minha descrição, abriu um livro e mostrou-me a imagem de um pássaro maravilhoso, um *Terpsiphone paradisi*, de cabeça negra e com uma longa, longuíssima, cauda amarela. Era aquilo que eu tinha visto.

Pedro Dionísio Francisco Botelho Menezes de Sousa é o seu nome completo, mas ele não tem a certeza se será o verdadeiro: «Antes a minha família chamava-se Kamat, que vem de uma palavra que significa agricultor, porque nessa época os nomes eram atribuídos consoante as profissões.» Pedro Dionísio diz «antes» como se dissesse «há três dias». Este «antes», no caso, são talvez quinhentos anos. Os olhos dele, de um verde-marinho, iluminam-se quando fala dos pássaros. Usa um bigode farto, com as pontas reviradas para cima, como um cavalheiro do século XIX — e cofia-o incessantemente. O meu amigo não acredita nem em Cristo nem em Krishna, mas em algo mais vago, mais vasto e mais remoto, muito anterior ao desembarque dos portugueses, anterior mesmo à invasão dos arianos. Diz-se pagão. A mim agradou-me a confidência:

—Somos dois. Já podemos formar uma Igreja.

Podíamos. Calcula-se que em Goa persistam perto de duzentas mil pessoas (próximas do catolicismo, umas, outras do hinduísmo) que não esqueceram por completo os antigos ritos dos Gavde, os primeiros habitantes da região, e que cultuam ainda as forças da natureza. Vale a pena lembrar, a propósito, que a palavra pagão vem do latim *paganu,* aldeão.

— Lembro-me das velhas contadoras de histórias que, quando eu era criança, iam de casa em casa cantando ladainhas. Essas mulheres, a que nós chamávamos mães, tinham uma maneira especial de se vestir, com muitos colares ao redor do pescoço, imensos adornos. Falavam dos génios da floresta como se falassem de alguém da família, e usavam canções, ervas, raízes para tratar os enfermos. Ou então, simplesmente, passavam as mãos pelo corpo do doente. O meu pai também fazia isso, fazia isso com toda a gente, e resultava. Talvez porque as pessoas acreditavam nele. Talvez porque ele fizesse isso com tanta ternura. Nós chamávamos, a essas mulheres, mães.

Esta paixão pelos pássaros, a fé nos ancestrais e na magia, tudo isso está ligado e tem um princípio — e este é político. Pedro Dionísio entusiasma-se quando começa a falar:

— A Ilha de Divar, como outras regiões de Goa, encontra-se protegida por uma rede antiquíssima de diques tradicionais. Julga-se que esta rede foi construída há perto de quatro mil anos pelos primeiros habitantes de Goa como parte de um sistema de rega ecologicamente harmonioso. Quando os portugueses chegaram a Goa encontraram as aldeias organizadas em *gaunkars,* ou comunidades, que faziam a gestão do solo e cuidavam dos diques. Toda a terra era gerida pelas comunidades. Os grandes pensadores comunistas, o próprio Marx, estudaram o sistema dos *gaunkars.* Infelizmente, depois da libertação, o governo indiano impôs um outro sistema, centralizado, burocrático, que está a arruinar os diques. Se há um problema com uma barragem é preciso correr de gabinete em gabinete e quando do finalmente se consegue o dinheiro — a barragem já desapareceu. Reparem: existem em Goa vinte mil quilómetros de diques que protegem cerca de quarenta por cento de toda a nossa terra arável. Os antigos colonos, porque eram adoradores da natureza, observavam com cuidado os fenómenos naturais — os ciclos da Lua, as marés — e serviam-se de materiais locais para as suas construções. Eles sabiam o que estavam a fazer. Temos de olhar para trás, aprender com o passado, e atuar. Não há tempo a perder. A água do mar sobe todos os anos, devora a terra, os poços ficam salobros, as construções absorvem o sal e não resistem. Goa está a morrer. Não se pode suprimir o passado. A ligação, felizmente, permanece viva devido a este sistema de crenças — na terra, no povo, nos velhos deuses. Há muita coisa, aqui, na minha aldeia, que tem raízes neste sistema ancestral. Por exemplo, existem ainda, em Divar, terrenos sagrados que ninguém está autorizado a cultivar. Um lugar destinado aos génios. Não se pode tocar na vegetação. Nem sequer se pode ter maus pensamentos, pronunciar palavras ruins. Chamem a isto superstições, não me importo, mas não se esqueçam de que foi graças a estas superstições que as barragens conseguiram sobreviver durante milénios.

Cuidado com a serpente

Eu gosto de olhar para o céu
A estrela da umbanda é igual à de Israel.

JORGE MAUTNER, «Negros Blues»,
composição que o paraibano Zé Ramalho ajudou a divulgar

Vibra do cio subtil da luz, / meu homem e afã / Vem turbulento da noite a flux / De Pã! Iô Pã! / Iô Pã! Iô Pã! Do mar de além / Vem da Sicília e da Arcádia vem! / Vem como Baco, com fauno e fera / E ninfa e sátiro à tua beira, / Num asno lácteo, do mar sem fim, / A mim, a mim! / Vem com Apolo, nupcial na brisa / (Pegureira e pitonisa), / Vem com Artémis, leve e estranha, / E a coxa branca, Deus lindo, banha / Ao luar do bosque, em marmóreo monte, / Manhã malhada da àmbrea fonte! / Mergulha o roxo da prece ardente / No ádito rubro, no laço quente, / A alma que aterra em olhos de azul / (...) / A árvore viva que é espírito e alma / E corpo e mente — do mar sem fim (Iô Pã! Iô Pã!), / Diabo ou deus, vem a mim, a mim! / Meu homem e afã! / Vem com trombeta estridente e fina / Pela colina! / Vem com tambor a rufar à beira / Da primavera! / Com frautas e avenas vem sem conto! / Não estou eu pronto? /

Eu, que espero e me estorço e luto / com ar sem ramos
onde não nutro / Meu corpo, lasso do abraço em vão, /
Áspide aguda, forte leão — / Vem, está vazia / Minha
carne, fria / Do cio sozinho da demonia. / À espada corta
o que ata e dói, / Ó Tudo-Cria, Tudo-Destrói! / Dá-me
o sinal do Olho Aberto, / E da coxa áspera o toque ereto, /
Ó Pã! Iô Pã! / Iô Pã! Iô Pã Pã! Pã Pã! Pã!, / Sou homem
e afã: / Faze o teu querer sem vontade vã, / Deus grande!
Meu Pã! / Iô Pã! Iô Pã! Despertei na dobra / Do aperto da
cobra. / A águia rasga com garra e fauce; / Os deuses vão-
-se; / As feras vêm. Iô Pã! Vou no corno levado / Do
Unicornado. / Sou Pã! Iô Pã! Iô Pã Pã! Pã! / Sou teu, teu
homem e teu afã, / Cabra das tuas, ouro, deus, clara /
Carne em teu osso, flor na tua vara. / Com patas de aço os
rochedos roço / De solstício severo a equinócio. / E raivo,
e rasgo, e roussando fremo, / Sempiterno, mundo sem
termo, / Homem, homúnculo, ménade, afã, / Na força de
Pã. / Iô Pã! Iô Pã Pã! Pã!

ALEISTER CROWLEY (traduzido por Fernando Pessoa),
Hino a Pã

1

Ao regressarmos da visita a Divar, um dos pneus furou. Enquanto Sal resolvia o percalço, Lili e eu procuramos uma sombra — e uma cerveja! — num pequeno bar à beira da estrada. Lili abriu um caderno de folhas espessas e começou a desenhar, a lápis, indiferente ao ruído dos carros. Quis saber o que ela desenhava. Aves, árvores, Pedro Dionísio afagando o bigode. Tirei-lhe o caderno das mãos, abri-o noutra página, e reconheci surpreso o olhar cansado do encantador de serpentes em Anjuna; eu próprio, comprando uma colcha de um vermelho impossível; o vulto de uma menina equilibrando-se numa corda.

— Incrível! Onde aprendeste a desenhar?

Não se aprende a desenhar, disse-me ela, aprendem-se apenas algumas técnicas. Contou-me que começou a desenhar com apenas dois anos de idade, antes mesmo de aprender a falar, e que até aos cinco comunicava com a mãe através de desenhos. Mais tarde frequentou a Escola Superior de Belas Artes, em Lisboa, antes de optar pelo restauro de livros antigos. Desenha de memória e é capaz de se lembrar dos mínimos pormenores — o padrão da camisa que vestia Pedro Dionísio, os adornos de prata, um por um, e o traje fulgurante das mulheres Lamani, de Karnataka. Mostrou-me algumas aguarelas. Disse-me que dorme pouco, que quase não dorme, e que, para se distrair, passa as noites a desenhar o que vê durante o dia. À noite reconstrói o dia.

2

Ontem à noite, depois do jantar, fui com Lili à praia do Hotel Cidade de Goa. A maré, muito baixa, deixara a descoberto uma larga e plácida baía. Ao longe, junto à outra margem do rio Zuari, via-se um navio enorme, um transatlântico, iluminado como se fosse uma cidade. Lembrei-me de uma famosa chalaça de Mobutu Sese Seko, antigo presidente do Zaire, apontando com desdém para a capital da vizinha República do Congo: «É o brilho de Kinshasa que ilumina Brazavile.» Com mais veracidade se poderia dizer que o clarão daquele navio enorme iluminava, já não digo Pangim, mas Dona Paula — a cidade mais próxima dali.

Assusta um pouco mergulhar nas águas noturnas, sentindo o lodo debaixo dos pés e vendo as luzes a dançar ao longe. Ao mesmo tempo sente-se ascender de toda aquela imensa massa líquida uma espécie de força pacificadora que, docemente, nos empurra para o abismo. Pus os óculos de mergulho, esvaziei os pulmões e deixei-me afundar lentamente. Vi formar-se entre os meus dedos a ardência marítima, fenómeno a que no Brasil também se chama buxiqui,

provocado pela existência na água de minúsculos proto-
zoários de corpo luminescente. Estrelas desprendiam-se
ao mais pequeno dos meus gestos, ficavam um pouco à de-
riva formando desenhos de luz, e depois dispersavam-se
e subiam, juntando-se à outra noite, ao outro rio, às nítidas
constelações que flutuavam lá em cima — na eternidade.

Chamei Lili e ficámos por algum tempo a brincar aos
deuses, em silêncio, criando estrelas com um simples gesto.
Mais tarde, estendidos nas cadeiras, Lili mostrou-me no
céu o desenho formado por um grupo de treze frágeis pontos
luminosos. Parecia um papagaio de papel com uma longa
cauda quebrada.

— É difícil vê-la nesta altura do ano — disse —, é muito
raro. Apresento-te a Constelação de Draco.

Depois despiu o fato de banho e mostrou-me o peito.
A pele dela parecia iluminada por dentro. Tive a certeza de
que a continuaria a ver, mesmo sem a débil luz do único
candeeiro existente na praia. Lembrei-me de um verso, terrível, de Sylvia Plath, *my skin bright as a Nazi lampshade,*
a minha pele brilha como um abajur nazi. Viam-se distinta-
mente treze pequenos sinais negros, dispostos entre os dois
mamilos como as estrelas de Draco. Se lhe fotografassem
o peito, o negativo dessa imagem seria semelhante àquele
céu.

— A estrela *Alpha Draconi,* ou Thuban, era há 4800
anos a estrela polar, ou seja, estava posicionada diretamente sobre o polo norte. Os antigos acreditavam que o polo
celeste era a porta entre este mundo e a eternidade, e por
isso fazia sentido que, a guardá-la, estivesse um dragão.

Eu não sabia o que pensar.

— Se nos encontrarmos numa próxima encarnação —
suspirou Lili —, e eu tiver uma aparência muito diferente,
ainda assim saberás quem sou por causa destes sinais.

Disse-lhe que não gostaria que ela fosse diferente, nem pouco nem muito, achava-a perfeita assim. Quanto a mim, qualquer coisa servia, poderia reencarnar numa abóbora ou num gafanhoto, contando que não fosse outra vez em Angola. Lili sorriu:

— A propósito, conheci na semana passada um angolano, acho que é angolano, que trabalha em casa do velho Enoque.

— Enoque?

— O velho Enoque, um tipo que vive em Anjuna, num casarão enorme, cheio de livros. Já te falei dele. Coleciona missais antigos.

Lembrava-me vagamente. Nas últimas semanas Lili vinha percorrendo todo o território, inventariando as coleções privadas e trabalhando no restauro de alguns livros mais notáveis. Quis saber pormenores. Ela encolheu os ombros.

— Chama-se Elias. Vejo-o sempre vestido de fato e gravata, mesmo com este calor, imagina, e todo de preto. Nunca o ouvi falar. Talvez seja surdo. O velho Enoque, pelo contrário, fala pelos cotovelos.

— Como sabes que o outro é angolano?

— Disse-me o velho. Aliás, creio que ele também esteve em Angola, pelo menos tem os salões cheios de sortilégios, sei lá, estatuetas em madeira, com espelhos no peito e pregos enferrujados por todo o corpo. Fico até com medo quando estou sozinha.

Acompanhei-a ao hotel. Ao despedirmo-nos lembrei-me de lhe perguntar se por acaso, gostando de desenhar tudo o que via, não teria também um retrato desse tal Enoque. Ela tirou o caderno do saco.

— Não. Mas posso desenhá-lo.

Rapidamente, quase sem corrigir, desenhou à minha frente a figura grave de um velho de longas barbas brancas. Eu estava ansioso:

— Podes tentar desenhá-lo agora sem essas barbas? Só com o bigode e o cavanhaque, um pouco ao estilo de Lenine...

— Ao estilo de Cavaignac, queres tu dizer, meu lindo. Louis Eugène Cavaignac, um general francês do século xix que usava a barba assim aparada.

No papel, diante de mim, vi surgir o rosto de Plácido Domingo. Muito mais velho, sim, vinte e tantos anos mais velho, mas era o meu Plácido Domingo.

3

— O QUE FAZ AQUI?

— Vou sendo esquecido. É só isso que quero. Eu movo-me no esquecimento dos homens.

Se tivesse dito isto com um sorriso de troça seria diferente. Mas estava muito sério. Ou melhor, mostrava o mesmo olhar impenetrável das máscaras txokwê penduradas na parede, atrás de si. Eu esperava que ele ficasse surpreendido ao ver as fotografias. Esperava até que não ficasse surpreendido (podem voltar às primeiras páginas e reler o conto). Não esperava aquilo. Estranhei, primeiro, vê-lo vestido com um traje indiano, camisa branca, larga, muito comprida, em algodão, e calças também brancas, do mesmo tecido. Nos pés, muito pequenos, quase femininos, sandálias de couro. Os católicos em Goa vestem-se à maneira ocidental. Mesmo as mulheres só em ocasiões de festa usam sari — o que é uma pena! Lili apresentou-me: «José, um amigo meu, angolano, em viagem pela Índia», e eu estendi-lhe a mão.

— Angola! — murmurou o velho. — Também fui angolano.

Mostrei-lhe as fotografias. Ele pegou nelas e viu-as distraído, rapidamente, enquanto eu me esforçava para pensar no que havia de dizer. Precisava de dizer alguma coisa. E então saiu-me aquilo:

— O que faz aqui?

Plácido Domingo, prefiro continuar a chamá-lo assim, parece feito só de nervo e energia. O corpo frágil, mas elástico, sugere uma veemência, uma intensidade controlada, como a que se encontra nos velhos mestres japoneses de artes marciais.

— Chegue aqui — disse —, veja se conhece este tipo.

Não falava comigo. Um homem muito negro, vestido como se fosse para um enterro, saiu da sombra e aproximou-se dele. As marcas de faca em ambas as frontes, escoriações rituais ainda vulgares entre alguns povos do norte de Angola, davam-lhe um ar vagamente assustador. Sorriu ao ver a fotografia, e eu reparei que tinha os caninos aguçados, à maneira dos txokwês. Apesar disso era um riso simpático.

— Ah, sim! — Plácido Domingo voltou-se para mim. — Este é Elias. Acompanha-me há várias encarnações. Infelizmente não pode falar. Ou felizmente, não sei, talvez essa seja a sua maior virtude. Sabe qual era o nome dele na guerrilha? O Segredo.

Fiquei à espera que me perguntasse o que estava eu a fazer ali, com aquelas fotografias, como um entregador de memórias ao domicílio. Sentia-me tão nervoso que não conseguia pensar.

— Quem lhe disse que eu trabalhava para os portugueses?

Olhei para Lili sem saber o que fazer. Ela encolheu os ombros, muito pálida, a pele a refulgir no escuro. Lá fora começou a chover. Uma série de clarões incendiou as vidraças e instantes depois o fragor da trovoada rolou através

dos salões como um tropel de cavalos. O velho esperou que
o eco se extinguisse. Sorriu:

— Li o seu último livro. Li o conto sobre o Plácido Domingo. Tudo isso aconteceu faz muito tempo. Foi a Lídia
do Carmo Ferreira, evidentemente, quem lhe falou de mim.

Sentou-se numa conversadeira, um móvel laborioso,
com flores bordadas no lenho, assentos em palhinha tran-
çada, e fazendo um gesto largo, teatral, convidou-me
a ocupar o lugar diante dele. Depois disse uma coisa que eu
me habituei a ouvir ao longo dos últimos anos:

— Você, meu querido jovem, não sabe nada.

A observação, por ser tão familiar, restaurou no meu
espírito um mínimo de confiança. Achei que o pior tinha
passado. Aquele parecia-me já um terreno conhecido:

— Não sei quase nada, é verdade, e por isso vim à sua
procura. A Lídia, talvez lhe tenham dito, desapareceu nos
confrontos de 1992, em Luanda.

Cheguei ali convencido de que seria fácil antipatizar
com ele. Afinal, é um traidor, um homem que arrastou para a morte pessoas válidas, idealistas, gente que seria útil
a Angola. Plácido Domingo, porém, tem um brilho nos
olhos que me faz lembrar um velho amigo, Mário Pinto de
Andrade; é a mesma inteligência amarga e trocista; inclusive uma idêntica agilidade para fugir às questões incómo-
das. Saí de Anjuna a simpatizar com ele.

— Talvez isto o choque — disse-me —, mas Angola deixou de me interessar. Está tão longe daqui que por vezes
chego a duvidar que realmente exista ou tenha existido um
país assim. Penso em Angola como você pensa, eu sei lá,
no País das Maravilhas...

— Hoje sente-se indiano?

— Não, indiano não, mas às vezes sinto-me goês...

— E português?

— Isso já não sei. O que é um português?

A pergunta apanhou-me desprevenido. Hesitei:

— Bem, antes de mais, suponho, um europeu...

— Os portugueses, europeus? — Riu-se com mansidão.

— Nunca foram. Não o eram antes e não o são hoje. Quando conseguirem que Portugal se transforme sinceramente numa nação europeia, o país deixará de existir. Repare: os portugueses construíram a sua identidade por oposição à Europa, ao Reino de Castela, e como estavam encurralados lançaram-se ao mar e vieram ter aqui, fundaram o Brasil, colonizaram África. Ou seja, escolheram não ser europeus.

Achei melhor mudar de assunto:

— Disseram-me que também escreve...

— Escrevo. Estou a escrever uma biografia do Diabo.

— Como?

Percebi que a minha surpresa lhe agradava.

— Uma biografia do Diabo — repetiu, e um sorriso divertido iluminou-lhe o rosto. — Ou talvez eu deva dizer uma autobiografia. Ficava bem, como título, O Diabo, Uma Autobiografia. O Diabo sou eu, o Diabo somos todos nós, não é verdade?

Sentada numa outra cadeira, ao lado esquerdo dele, Lili estremeceu. Elias surgiu nesse momento segurando uma bandeja com um serviço de chá. Deslocava-se sem ruído entre os móveis do salão, antigas peças indo-portuguesas, que poderiam, ou deveriam, estar num museu. Dir-se-ia uma sombra entre sombras. Um ser evanescente, quase invisível, que bastava fechar a boca e esconder o marfim lustroso dos dentes para deixar de existir.

— Sirvam-se — disse Plácido Domingo. — Depois quero que vejam a casa.

A casa, entenda-se, é aquela faustosa sucessão de salões e corredores: um palacete do século XVII, em dois andares, preguiçosamente debruçado sobre uma paisagem de sonho. A biblioteca ocupa um dos salões e ainda três extensos corredores. O grosso da coleção são livros do século XIX, adquiridos pelo avô de Plácido Domingo, médico de renome, entre os quais um exemplar da famosa tese do Abade Faria, *De la cause du sommeil lucide ou étude de la nature de l'Homme,* publicada em Paris em 1906.

— O meu avô interessava-se por hipnotismo — explicou o velho mostrando-nos o livro. — O meu pai, médico como o pai dele, interessava-se por hipnotismo. E eu também, é claro, herdei isso deles. Já viu a estátua do nosso Abade Faria?

O monumento ao Abade Faria, em Pangim, foi inaugurado em 1945. Representa o hipnotizador com os braços estendidos, as mãos hirtas, e uma mulher deitada no chão, aos seus pés, em pleno transe — aquilo a que em Angola se chama xinguilamento. Plácido Domingo contou-me que quando as tropas indianas entraram na cidade, em 1961, terminando com quinhentos anos de domínio português, o novo governador quis derrubar a estátua: «onde já se viu?!», terá exclamado, «um padre a espancar uma mulher!». E, sinceramente, é o que parece.

O escritor inglês Richard Burton certamente não estranharia encontrar em Goa um monumento à violência doméstica. Em *Goa and the Blue Mountains,* um clássico da literatura de viagens, ele conta que estando a passear por Pangim escutou de repente uma terrível gritaria.

— O que se passa? — perguntou alarmado ao guia. — Estão a matar um porco?

— Não é nada, senhor. Será algum cristão a espancar a mulher.

— Esse é um divertimento comum em Goa?

— Muito.

«Primeiro um cavalheiro castiga a sua esposa, e logo outro, e depois outro», escreve Burton, e acrescenta: «A julgar
pelo clamor, as consortes não recebem essas medidas discipli-
nares com a mesma paciência e submissão das damas do Ocidente. Na verdade, é uma luta prodigiosa que se trava no
sossego dos lares de Goa, e ambas as partes, creio, a praticam
com idêntico vigor e regozijo.»

Esta deve ser uma das poucas coisas que mudou em
Goa desde que Burton passou por aqui, há uns cento e cinquenta anos — ou talvez ele tenha exagerado. O facto
é que não escutei ainda nada que se parecesse com um de-
sentendimento doméstico. Também pode ser que o ruído
dos motores e das buzinas, invenções que não existiam à
época do aventureiro inglês, abafem por completo o fragor
dos combates. Lembro, a propósito, que o padre Francisco
de Sousa, em *Oriente Conquistado,* defendeu a prática do
sati[1] — a imolação voluntária das viúvas hindus nas piras
funerárias dos maridos — com o argumento de que este
costume constituía uma «refinada política para conservar
a vida dos maridos contra as traições das mulheres, que a
cada passo os matavam com peçonha».

Quase me perco: vimos, pois, o palácio. Os corredores
afundados numa luz tépida. Salões verdes, de um verde-
-marinho, quartos lilases, azuis, com móveis de um tempo

---

[1] Não resisto a citar uma descrição da cerimónia, *em Navegação do
capitão Pedro Álvares Cabral escripta por hum piloto portuguez:* «Por
igual todas as pessoas casadas, quando morrem, fazem-lhes uma grande
cova, em que as queimam; as suas viúvas vestem-se o mais ricamente
que podem, e acompanhadas de todos os seus parentes, e com muitos
instrumentos e folias, vão até à cova, e bailando à roda dela como ca-
ranguejos, se deixam cair dentro estando a cova cheia de fogo. Os parentes estão com muita atenção, e aparelhados com panelas de azeite
e manteiga, e tão depressa elas caem dentro lhes deitam em cima o azeite e a manteiga para que se abrasem depressa.»

há muito morto. Candeeiros da Bélgica, mármores italianos, louça da Companhia das Índias, belos pratos chineses em porcelana com a imagem de um dragão azul.

— As pessoas aqui em Anjuna — comentou Plácido Domingo — costumam dizer que a casa é tão grande que se alguém disparar um tiro numa extremidade a bala não alcança a outra.

Uma varanda abre-se sem aviso sobre uma paisagem eterna: campos de arroz até perder de vista, a curva de um rio (papaieiras, e o seu perfume, entram pelas janelas).

A mim impressionou-me em particular o salão de baile. Chamou-me a atenção um enorme espelho — «veio de Veneza», disse-me Plácido Domingo, «e fala» —, suportado por uma grossa moldura em talha dourada. Procurei-me nele sentindo que me debruçava sobre um lago. Não encontrei imediatamente a minha imagem. Havia algas no fundo, sombras, talvez grandes peixes passando, e depois, sim, lá estava o meu rosto, distorcido, verde, como o de um afogado. Lili puxou-me por um braço: «Vamos», sussurrou, «ainda cais lá dentro.»

4

Uma vaca branca acontece diante de mim numa indolência mansa, detém-se a contemplar o mar, e estende-se depois na areia, à sombra de um guarda-sol. Lá muito ao fundo, na linha do horizonte, conto sete grandes barcos. Cargueiros, certamente, Goa exporta muito minério de ferro. Tenho visto ao longo do Zuari e do Mandovi pesadas embarcações. A ferrugem devora-as como um incêndio vagaroso. Tudo aqui está, de resto, ameaçado pelo poder da natureza. Ao chegar impressionou-me a amargura das velhas casas, os passeios em ruínas, os muros derrubados. «Estamos em Luanda», disse a Lili enquanto caminhávamos pelas ruas do centro de Pangim. «Já conheço isto.» Depois de experimentar a violência do clima, porém, o que me parece incrível é que ainda persistam de pé as velhas igrejas quinhentistas. Algumas, soube, foram construídas com blocos de laterite, mineral abundante em Goa, infelizmente de pouca resistência se ficar exposto à chuva. Na época colonial existia uma lei que obrigava os proprietários a caiarem as suas casas logo após as monções.

A vaca olha para mim como se dissesse, «sou sagrada», e no mesmo instante me ignora. Não consigo compreender se a pacífica indiferença no olhar dela significa estupidez, a sincera estupidez de um repolho, digamos assim, ou, pelo contrário, a bem-aventurança do nirvana. Lili disse-me que a vaca branca simboliza o grau mais elevado da existência individual antes da sua dissolução no Absoluto. Esta deve estar quase a dissolver-se.

Peço a Jimmy que me traga mais uma cerveja.

— Os touros — pergunto-lhe —, ainda se fazem em Goa combates de touros?

Li em algum lado que este divertimento cruel, por vezes comparado às touradas ibéricas, foi recentemente proibido. O que pretendo saber é se mesmo assim os camponeses o praticam. Jimmy, o meu amigo Jimmy Ferreira, que viveu alguns anos em Londres e é agora o orgulhoso proprietário do Bicho da Sede, o mais animado bar de Candolim, nega com veemência:

— Acabou!

Regressa poucos minutos depois.

— Para os amigos de Jimmy Ferreira — diz cúmplice, sorridente, com o seu cristalino sotaque britânico —, tudo se consegue. Especialmente para si podemos organizar, no próximo domingo, um combate de touros...

Assusto-me. Digo-lhe que odeio touros. Além disso não quero desrespeitar as leis do país. Jimmy mostra-se consternado:

— E mulheres? Posso arranjar-lhe bonitas mulheres indianas.

Também não quero mulheres. O meu amigo tira os óculos espelhados e olha-me com desconfiança. A seguir sacode a cabeça de um lado para o outro, como se tivesse dificuldade em sustentá-la em cima do pescoço. Sim, sim,

ele já viu um pouco de tudo, a civilização ocidental está
a viver os seus últimos dias:

— Rapazes! — suspira. — Isso vai-lhe ficar mais caro,
mas o Jimmy, é claro, pode arranjar. O que é que o Jimmy
não pode arranjar?!

Ocorre-me de repente a possibilidade de Plácido Domingo ser homossexual. Isso explicaria muita coisa. Começo
imediatamente a associar frases soltas, ocorrências, pormenores. É um vício intelectual. Deem-me dois ou três factos,
ou nem isso, apenas vagos indícios, e eu construo um romance. Aliás, quanto menos factos melhor, a realidade
atrapalha a ficção.

Digo para mim próprio, «para, José!», e releio o que
escrevi nestes últimos dias. Há alguns pormenores que me
esqueci de mencionar. No regresso a Pangim, por exemplo,
achei Sal muito soturno. Pensei que estivesse aborrecido
por nos termos demorado quase quatro horas em casa de
Plácido Domingo enquanto ele esperava por nós, no carro,
impedido de passear por causa da chuva. Não era isso:

— Não gostei daquela casa. Tinha uma serpente na
porta.

Com efeito, no portão da casa, como se fosse um brasão, há um escudo com uma serpente enrolada numa árvore. E em baixo, escrita à mão, em português, uma placa:
«cuidado com a serpente». Eu achei aquilo divertido —
mais uma demonstração da ironia singular de Plácido Domingo. Mas ainda bem que Sal não entrou na casa. Teria
ficado bastante mais assustado com a coleção de ídolos
africanos que o velho trouxe de Angola. Essas figuras con-
vivem, sem espanto, com uma série de estatuetas em marfim de Jesus Cristo, algumas belíssimas, sofrendo na cruz.

— Os cristãos horrorizam-se com os manipansos africanos, cravejados de pregos, mas prestam culto à imagem de

um homem pregado numa cruz — Plácido Domingo dizia
estas coisas, e ria-se, enquanto o seguíamos de salão em salão. Finalmente parou diante de uma estátua em tamanho
natural de São Sebastião, cabeleira loira cintilando sobre os
ombros e olhos muito verdes, amarrado a um tronco. —
Poderia ser um moderno ícone homossexual, não acham?
Creio que faria um certo efeito, em Berlim ou Nova Iorque, à porta de uma discoteca sadomasoquista.

Estava à espera de encontrar um homem com convicções
de direita, católico, um nacionalista português, nostálgico
e amargo, com o retrato de Salazar pendurado na parede,
e descubro uma espécie de anarquista cético e bem-hu-
morado. As coisas, é bem certo, nunca acontecem como as
imaginamos. Em criança acreditava, aliás, que uma forma de
exorcizar um qualquer desastre era imaginar, em pormenor,
como ele poderia acontecer.

Plácido Domingo ofereceu-se para me acompanhar,
amanhã, numa visita a Velha Goa. Aceitei logo, fingindo
grande entusiasmo pelas velhas igrejas, mas o que me inte-
ressa, obviamente, é apenas ele.

Lili não quer que eu vá. Tem medo. Eu também poderia sentir algum medo, neste momento, se não estivesse
tanto sol. O inferno, como toda a gente sabe — o nome
vem do latim *infernus,* que significa região inferior —,
é um lugar sombrio. Todos os demónios, desde os vampi-
ros aos lobisomens, receiam o sol. Enquanto se mantiver
esta luz de espanto, portanto, não terei medo. Vou nadar.
A seguir preciso de pensar nas perguntas que quero fazer
a Plácido Domingo.

Filhos de cobra

EM GOA, NOS TEMPOS ÁUREOS da época colonial, a população dividia-se em reinois, portugueses de linhagem nobre; castiços, ou seja, descendentes diretos de portugueses; mestiços e mulatos, os luso-indianos e os luso-africanos; e, na base, os naturais — aos indianos convertidos dava-se o nome de canarins. Havia ainda os gentios: hindus e muçulmanos. Abaixo da base, enterrados para todo o sempre na lama vermelha, encontravam-se os escravos, quase todos de origem africana. O historiador Charles Boxer caracterizou este sistema, com a particular ironia britânica, cunhando uma nova palavra: pigmentocracia.

Os velhos guerrilheiros que combateram contra os portugueses, os famosos *freedom fighters,* ou os jovens intelectuais nacionalistas, gostam de citar Charles Boxer. Esquecem-se de dizer que além desta pigmentocracia, criada pela administração colonial, existia um outro sistema de divisão da sociedade, muito mais antigo, muitíssimo mais complexo, as castas, em vigor não apenas entre os hindus mas também em meio aos canarins.

Quarenta anos depois da libertação persistem em Goa
evidências de todas estas divisões. É possível, inclusive, encontrar ainda os chamados descendentes, mestiços de origem portuguesa — ou portugueses nascidos na Índia,
segundo a opinião dos próprios. Em *Goa and the Blue
Mountains*, Richard Burton afirma que, à data em que visi-
tou o território, os mestiços constituíam grande parte da
sociedade e podiam ser encontrados em todas as classes, do
cozinheiro ao oficial do Governo. Provavelmente tal observação decorre de um equívoco comum a outros viajantes,
o convencimento de que os indianos de nome português,
a população católica, eram mestiços: «Creio ser difícil encontrar na Ásia raça mais feia e degradada», escreveu ele
com a sua habitual fúria racista: «os homens são intolera-
velmente sujos e desagradáveis. (...) Demonstram enorme
paixão pelo álcool e raramente bebem a não ser com o honesto propósito de se intoxicarem.» Ainda pior: «O seu
carácter pode ser brevemente descrito como apaixonado
e covarde, invejoso e vingativo, com mais vícios e menos
virtudes do que os das duas raças das quais descendem.»
     O escritor Mário Cabral e Sá, um dos nomes mais im-
portantes da literatura goesa, também não guarda boa recordação dos descendentes:
     — Quando estávamos no Liceu era comum os mestiços
maltratarem os nossos companheiros hindus. Tiravam-lhes
os chapéus, mandavam-nos baixar as calças, perguntavam-
-lhes: vocês rapam a pentelheira ou não?, e a gente ficava
chocada. Havia portanto uma afinidade rácica entre católicos e hindus, contra os descendentes, que ultrapassava a religião.
     Até ao final dos anos sessenta, o Bairro das Fontainhas,
em Pangim, habitado sobretudo por descendentes, passava

por ser o local mais festivo de Goa. O Carnaval, por exemplo, que se transformou entretanto numa celebração nostálgica daqueles anos de folia, começava e acabava ali. «Os descendentes», diz Mário Cabral e Sá, «tinham fama de ganhar cem e gastar duzentos. O que sobrava era para os pobres.»

Conhecendo a vocação festiva das comunidades crioulas, isto não surpreende. Em 1994, escutei na Cidade do Cabo, durante as primeiras eleições multirraciais na África do Sul, uma anedota que pretendia resumir a contribuição das diferentes etnias para a libertação da África do Sul: os brancos teorizaram a luta; os negros deram o corpo ao manifesto, na guerrilha e nas manifestações, e muitos morreram; os indianos contribuíram economicamente. E os mulatos, no fim, fizeram a festa. Em Goa, a festa, para os descendentes, terminou no dia 17 de dezembro de 1961, quando as tropas indianas entraram no território e arriaram a bandeira portuguesa.

— Chorei muito, abraçada ao meu irmão, na altura em que vi a nossa bandeira a ser arriada. Aquilo doeu-me como se me estivessem a arrancar um braço. Não pode imaginar como aquilo me doeu.

Quem me contou isto foi uma senhora amável, Dona Marcelina Cabral, enquanto me estendia um pedaço de bolo, a tradicional bebinca. Havia lágrimas nos olhos dela.

— Só não fui para Portugal, como fez a maior parte dos portugueses, porque o meu marido, funcionário público, seria provavelmente transferido para África, e eu tenho horror aos pretos. Veja bem, havia uma guerra em África, e eu estava com cinco filhos pequenos, então tive medo e disse ao meu marido que preferia ficar.

O marido, porém, não sobreviveu aos novos tempos.

— Ele bem tentou aprender inglês, coitado, mas burro velho não aprende línguas. Dizia *good morning,* e era tudo.

Nunca mais foi promovido. Morreu de desgosto antes que isto chegasse ao que é hoje.

Dona Marcelina também não fala inglês, e do concanim só aquelas coisas do dia a dia — «o mínimo que preciso de saber para comunicar com os criados.» Pergunto-lhe se alguém a maltratou ou de alguma forma a incomodou depois da integração. Dona Marcelina nega:

— Não, isso não, graças a Deus! Ninguém pode dizer que fomos maltratados.

Fica algum tempo em silêncio. Lamenta que todos os seus amigos de infância se tenham ido embora.

— Agora há tão pouca gente com quem falar português que por vezes quero usar uma palavra e já não me recordo.

Conta-me que decidiu, há alguns anos, visitar a família em Portugal. Um dos funcionários, na fronteira, estranhou que uma senhora de pele tão clara, falando um português primoroso, lhe apresentasse um passaporte indiano:

— A senhora não é portuguesa?

Chorou:

— Sou portuguesa, sim, meu filho, no coração sou portuguesa. Mas obrigam-me a usar esta coisa.

A coisa era o passaporte. Os funcionários, conta ela, riram-se muito. Joaquim, o filho mais novo, assiste à conversa. É um sujeito alto, moreno, de cabelo lustroso. Percebe-se, ao contrário da mãe, que tem sangue indiano. Ele, como os quatro irmãos, nunca foi a Portugal. Mas também se sente português:

— Somos portugueses. Portugueses da Índia. Não temos nada a ver com esta gente.

Os cinco rapazes casaram com indianas católicas. Dona Marcelina mostra-me as fotografias da família. As noras são muito bonitas. Nenhuma, porém, é mestiça. Pergunto-lhe se preferia que os filhos tivessem casado com descendentes. Ela abana a cabeça rapidamente, da esquerda para a direita, a maneira indiana de dizer que sim. É um gesto contagioso. Eu próprio me surpreendo, por vezes, sacudindo a cabeça desse jeito. A minha pergunta deixa-a triste.

— Tive pouca sorte! Veja lá, cinco filhos, e nenhum conseguiu encontrar uma rapariga portuguesa...

Sugiro a Joaquim que passe algumas semanas em Portugal. Talvez em Lisboa descubra que é indiano. Ele olha para mim revoltado:

— Não, não! Como pode dizer isso? Seria mais fácil para mim viver em Lisboa do que em Bombaim.

A caixa

Venimos de los infiernos, / no se va a asustar
Diablos, diablos, diablos / con estes rabos e cuernos
que son sólo para bailar / Son de los Diablos son
qué venimos a cantar / Son de los Diablos son
diablos, diablos, diablos / Ooooooo

Composição de FILOMENO ORMEÑO, recriada pelo grupo
Peru Negro no álbum *Lo Mejor del Ritmo Negro Peruano*

O Diabo é a figura mais dramática da História da Al-
ma. A sua vida é a grande aventura do Mal. E todavia, em
certos momentos da História, o Diabo é o representante
imenso do direito humano. Quer a liberdade, a fecundida-
de, a força, a lei. É então uma espécie de Pã sinistro, onde
rugem as fundas rebeliões da natureza.

EÇA DE QUEIRÓS, *O Senhor Diabo*

1

Contei a Plácido Domingo o meu encontro com os descendentes.

— O senhor eu entenderia se me dissesse que não se sente indiano, mas eles, que nasceram aqui, que toda a vida viveram aqui, como se explica isso?

O velho riu-se:

— Sabe o que é um judeu? É alguém a quem lembram que é judeu. Provavelmente esses indivíduos não se sentem indianos porque todos insistem em lhes dizer que são portugueses.

Depois acrescentou uma coisa estranha:

— Na guerrilha, com alguma frequência, eu próprio me sentia um cuco.

— Um cuco?

— Sim, sabe, um estranho no ninho. Tenho a certeza de que ninguém suspeitava, e também não posso dizer que alguém em particular fosse responsável por isso, era um incómodo íntimo. Havia, é verdade, alguns problemas raciais no seio do movimento. Houve sempre. Mas a mim nunca ninguém me aborreceu. E no entanto, às vezes, sentia-me alheio. Sentia que não pertencia àquele lugar, que não era de facto autenticamente angolano, sentia-me um logro.

Ansiava por ouvi-lo dizer algo parecido.

— Por isso se passou para o lado dos portugueses?

Plácido Domingo olhou para mim com um sorriso de troça. Sacudiu a cabeça e não respondeu. Estávamos sentados no interior da Basílica do Bom Jesus. Pombas esvoaçavam, lá muito em cima, junto à abóbada. A luz, uma claridade densa como a que flutua na água límpida dos aquários, atravessava toda a larga extensão da igreja vazia. Uma pena veio caindo e pousou na cadeira à nossa frente. O velho agarrou-a.

— Se um dia vir um homem com asas pode ter a certeza de que não se trata de um anjo. Os anjos, os verdadeiros anjos, não possuem asas. É a fé que os sustém no ar.

Irritou-me a forma como ele ignorara a minha pergunta.

— A Lili — provoquei — acha que o senhor é o diabo.

— E sou. Já lhe expliquei isso antes. Somos todos. E também sou Deus. Somos todos. Os defensores da chamada geração espontânea acreditavam na possibilidade de determinados seres serem gerados a partir do nada. Julgo que comigo se deu o inverso: fui gerado a partir do tudo.

— Não compreendo...

— Estou a responder à sua pergunta. Não, eu não me passei para o lado dos portugueses, nunca fiz isso, mas descobri entretanto que para mim não havia um único lado. Sou um homem de todos os lados.

— Alguns dos seus antigos camaradas asseguram que muita gente morreu por sua causa.

— É verdade, muita gente morreu por minha causa!

— Consegue viver com isso?

— Você acha que o leão deve preocupar-se com as gazelas que mata? Acha que seria um leão melhor caso se preocupasse? A mim parece-me, pelo contrário, que seria um mau leão. A natureza dele é comer as gazelas. O destino das gazelas é deixarem-se comer pelos leões.

Levantou-se e caminhou lentamente em direção ao mausoléu onde se encontra o corpo de São Francisco Xavier.

— Em 1614 os jesuítas cortaram o braço direito do santo e enviaram-no ao papa. Parece que o braço, assim mesmo, alforriado, conseguiu assinar o próprio nome, ou melhor, o nome de Francisco Xavier, milagre que terá contribuído para a sua canonização. Alguns anos mais tarde, já o corpo se encontrava neste lugar, uma fidalga portuguesa, fingindo beijar os pés do santo, arrancou um dos dedos com os dentes e guardou-o na boca, levando-o depois para o seu palacete. Os jesuítas deram pela mutilação ao anoitecer. Bastou-lhes seguir o rasto de sangue fresco para descobrir a culpada — que então se arrependeu. O próprios jesuítas, no entanto, não resistiram a comerciar as relíquias. Algumas famílias, em Goa, orgulham-se de possuir pedaços do corpo do santo. Você pode visitar, por exemplo, a casa dos Bragança Pereira, em Chandor, e ver um dedo de São Francisco incrustado numa base de prata.

Eu sabia. Já tinha visto o dedo. Está guardado dentro de um relicário singelo, numa capela quase em ruínas — na parede, à entrada da capela, há duas fotografias, uma de Carmen Miranda e outra de Elizabeth Taylor, ladeando a figura austera de Mahatma Gandhi. Dali, de onde estávamos, distinguia-se claramente a cabeça do santo na sua urna de cristal. Um perfil agudo, escuro, que me fez lembrar as múmias dos faraós. Plácido Domingo sorriu:

— Quer saber o que sobrou dele depois de séculos de rapina às mãos dos jesuítas? Muito pouco. Praticamente apenas aquilo que está à vista.

Ficou em silêncio, um espesso momento, enquanto a luz do entardecer descia sobre nós como uma poeira doirada. O corpo de São Francisco Xavier, o que resta dele, exerce um prodigioso fascínio entre toda a população de Goa, católicos, hindus e muçulmanos, pouco importa. No dia em que se tornou evidente que as tropas indianas iriam entrar no território, após dezasseis anos de frustradas tentativas de diálogo com Salazar, o último governador português, Vassalo e Silva, ordenou que o corpo do Santo fosse retirado da basílica e exposto em praça pública. Esperava um milagre. Ou, mais maquiavelicamente, talvez julgasse que a presença de São Francisco Xavier iria exaltar os ânimos dos goeses contra os invasores. Não resultou. Ao mesmo tempo que em Portugal a imprensa, controlada pelo regime, noticiava uma resistência heroica e o massacre dos portugueses de Goa, os soldados de Nehru passeavam-se pacificamente pelas ruas de Pangim. No decurso da última exposição do corpo, entre 23 de novembro de 1994 e 7 de janeiro de 1995, rumores de que os serviços secretos do vizinho Paquistão, o grande inimigo da Índia, se preparavam para o raptar forçaram o Governo do estado a impor extraordinárias medidas de segurança. Mais uma vez nada aconteceu.

— Surpreende-me sempre isto, a importância que pode ter um corpo que já não existe.

Eu não sabia o que dizer. Queria perguntar-lhe por que é que me trouxera até ali. À medida que a luz enfraquecia e as sombras iam pousando nos cantos, parecia-me que a barba dele, larga e selvagem, se tornava mais branca. Finalmente ficou tão escuro que eu só conseguia distinguir a barba. Sabia que ele continuava a falar porque a barba se movia. Não me recordo agora do que estava a falar.

Era noite fechada quando regressei ao meu quarto. Lembrei-me, enquanto me estendia na cama, de uma frase-chave do primeiro romance de Chico Buarque, *Estorvo*: «Sinto que, ao cruzar a cancela, não estarei entrando em nenhum lugar, mas saindo de todos os outros.»

Não é isso o sono?

2

«No que pertence a seu modo de viver em casa, todos, assim homens como mulheres, quando chegam tiram logo o vestuário que julgam sobejo. Os homens ficam só com camisa e calções, que lhes chegam até aos artelhos e são extremamente brancos e finos. Tiram também o chapéu e põem um gorro ou carapuça, que é de veludo ou tafetá. As mulheres ficam com as suas roupinhas ou bajus, mais raras e finas que o mais delgado crepe de cá; de sorte que as carnes aparecem por baixo tão bem como se elas nada tivessem sobre si. E além disso deixam ainda o seio muito descoberto, de sorte que se lhes vê tudo até à cintura. Na cabeça nada mais trazem que os cabelos atados e torcidos. Da cintura para baixo põem um pano de algodão ou de seda mui belo, mas não transparente e fino, como o das roupinhas, porque nada se pode ver através dele. A maior parte dos homens que se querem casar não se contentam em ver as raparigas que pretendem em seus vestidos de festa e cerimónia por haver nelas sobejo artifício; mas para concluir o ajuste querem-nas ver em casa nos seus hábitos caseiros a fim de as contemplar em toda a sua natural simplicidade e ver se elas são bem proporcionadas ou contrafeitas. A ocupação das mulheres todo o dia não é outra mais que cantar e tanger instrumentos.»

Estava a ler Francisco Pyrard de Laval[1], o viajante, quando bateram à porta do meu quarto. Fui abrir, ainda com o pensamento nas mulheres de Goa, nos tempos em que quem por aqui se tivesse passeado não precisava realmente de visitar o reino — e dei de caras com Jimmy. O meu amigo Jimmy Ferreira, do Bicho da Sede, o bar mais agitado da Praia de Candolim. Jimmy tirou os óculos e entrou no quarto sem esperar que eu o convidasse.

— Posso? — Abriu o frigorífico, escolheu uma cerveja, um copo, e serviu-se. — Morre-se de calor aqui.

Jimmy vinha misterioso:

— Vi-o sábado em Velha Goa.

Achei estranho que ele me visitasse em Pangim. Achei ainda mais estranho que me tivesse visto em Velha Goa. Ocorreu-me que talvez o tipo trabalhasse para os serviços secretos indianos. Ridículo, eu sei, mas o que querem?, chama-se a isto pensamento condicionado — se em Luanda um quase estranho bater à porta do meu quarto e for logo entrando, abrir o frigorífico e se servir de uma cerveja, tenho a certeza de que é um bufo. Os bufos estão sempre com sede e além disso não têm maneiras.

— E então?!

A minha aspereza não o assustou. Jimmy descalçou os sapatos e estendeu-se na cama com os braços cruzados sob a cabeça.

— Interessa-lhe o nosso Goencho Saib?

---

[1] *Viagem de Francisco Pyrard às Índias Orientais — 1601-1611.* Tradução de Cunha Rivara, Nova Goa, 1858.

Goencho Saib, o Senhor de Goa, é o nome carinhoso com que os goeses tratam São Francisco Xavier. Jimmy sorriu. Dessa vez tinha algo para me oferecer. Algo que eu não poderia recusar:

— Uma relíquia de São Francisco!

Olhei-o surpreso. Sim, aquilo interessava-me, a que é que ele chamava uma relíquia? Jimmy levantou-se feliz. Sabia que já me havia apanhado. Terminou de beber a cerveja e estendeu-me a mão.

— Espero por si amanhã, em Candolim, estou a organizar uma grande festa com um DJ inglês. Vou reservar uma mesa em seu nome. Boa música, mulheres bonitas, vai gostar. E depois, sim, falamos de negócios.

Se não fosse pela garrafa de cerveja, vazia, em cima do frigorífico, eu poderia pensar que tinha imaginado tudo. Estendi-me na cama, mesmo debaixo da ventoinha, e regressei ao Pyrard de Laval. Esta é a parte de que eu gosto mais:

«Uma das recriações dos portugueses em Goa é juntarem-se às suas portas, com cinco ou seis vizinhos assentados à sombra em belas cadeiras para praticarem; e estão todos em camisa e calções, com muitos escravos ao redor de si, dos quais uns abanam e lhes enxotam as moscas, outros coçam os pés e mais lugares do corpo, e catam bichos. Quando comem ou quando se levantam ou deitam, mandam vir também a sua música de escravos, assim machos como fêmeas, para os recrear. Enquanto comem têm escravos que os abanam, e enxotam as moscas de cima dos manjares, pois de contrário seria dificultoso não engolirem eles algumas.»

3

Cheguei muito cedo a Candolim. Sofro desde que me conheço com esta virtude ingrata: chego sempre antes de todos (a pontualidade é a pior das virtudes porque nunca há testemunhas dela). Às vezes tento atrasar-me, mas a ansiedade vence-me e acabo nos últimos minutos por ir a correr. Convidei Sal a acompanhar-me ao bar e mal concluí o convite arrependi-me. O que diria ele sabendo que eu estava ali com a intenção de adquirir um pedaço do corpo incorruptível de São Francisco Xavier? A seguir dei-lhe uma palmada no ombro e insisti — «vamos!». Achei que se não insistisse Sal poderia desconfiar. Assim, fomos os dois. Não havia nenhum cliente no bar. Jimmy, o meu amigo Jimmy Ferreira, olhou para Sal com uma frieza que até a mim me sobressaltou. Relaxou um pouco, apenas um pouco, depois que lhe disse que aquele era o meu motorista.

— O negócio faz-se mais tarde — disparou, num sussurro, enquanto nos servia uma cerveja. — Os homens ainda não chegaram. Você vai ficar espantado com o produto. Vou-lhe vender um milagre.

O Bicho da Sede dispõe, para o entretenimento dos seus clientes, de um jogo de matraquilhos. Nunca vi outro igual, pois este, talvez para que os jogadores não desanimem rapidamente, vem equipado com três guarda-redes em cada baliza. Obriguei Sal a jogar cinco vezes e ganhei sempre. Quando regressámos à nossa mesa já o bar estava cheio. Sal lançava-me de vez em quando pesados olhares de censura. A frase que Jimmy segredara, furtivo, sobre a mesa, parecia ter semeado na cabeça dele suspeitas terríveis. Por fim atreveu-se a perguntar:

— Droga? Veio comprar droga?!

Ri-me muito. Talvez demasiado, e demasiado alto, pois ele voltou a lançar-me um dos seus olhares escuros.

— Vai, não vai? Não me quero envolver nisso.

Terminou de beber a sua segunda cerveja e pediu licença para regressar ao carro — queria dormir. A música, um fluxo desamparado de sons eletrónicos, trouxe-me memórias de infância. Lembrei-me do enorme rádio, na sala de jantar, que costumava ouvir quando ficava sozinho em casa, apenas pelo prazer de me sentir assustado. Fechava as persianas, as cortinas, e na penumbra ligava o aparelho e procurava um lugar deserto entre duas estações. Ficava horas perdidas a ouvir o mistério daqueles sons esquivos, que giravam no éter, num redemoinho cada vez mais agudo, até desaparecerem engolidos por outros assobios. Agradava-me pensar que aquilo era uma emissão dirigida aos extraterrestres a trabalhar na Terra. A chamada *trance music*, música de transe, que terá surgido em Anjuna e noutras praias de Goa, e depois se espalhou pelo mundo (como uma doença), talvez faça parte do mesmo plano.

Duas moças loiras contorciam-se à minha frente de olhos fechados. Num outro contexto poderia pensar que estavam com cólicas. Mas não, via-se que elas se esforçavam por entrar em transe, esforçavam-se muito. O problema é que não basta imitar os gestos de uma águia para conseguir voar. Em Cachoeira, no Recôncavo Bahiano, fui certa noite a um terreiro de candomblé. Os batuques e atabaques, percutidos com assombrosa mestria por três tocadores, arrastaram os crentes para o centro do terreiro, e ao fim de um certo tempo, que a mim me pareceu todo o tempo do mundo, algumas mulheres foram arrebatadas pelos santos. Vi-as ficar repentinamente tensas e depois arrancarem aos saltos, em gestos bruscos e quebrados, como fantoches movidos por invisíveis fios. Eu próprio tive de me agarrar com força ao banco onde estava sentado para que a corrente daquele ritmo alucinante me não carregasse — também sacolejando, suando, arfando muito, de olhos bem fechados, atrás dos orixás.

Jimmy acordou-me:

— Os homens estão aqui.

Eram dois sujeitos de semblante sombrio, ainda jovens, a pele negra e lustrosa como a das azeitonas bem maduras. Vestiam alegres camisas havaianas e bermudas largas, mas com tal desconforto, com tão flagrante ostentação, que pareciam fantasiados de turistas americanos. Julgo que se sentiam pouco à vontade no meio daquelas jovens estrangeiras, quase nuas, que se sacudiam ansiosas à nossa volta. Sentaram-se na ponta das respetivas cadeiras e eu reparei que um deles, de tão baixo, nem naquela posição conseguia tocar com os pés na areia.

— Música para cetáceos...

Disse aquilo para quebrar o gelo e porque a música me fazia recordar, realmente, os cânticos das baleias. Também podia ter dito «música para marcianos», mas creio que isso soaria ainda mais obscuro. Os dois homens ignoraram o comentário e eu senti que havia no silêncio deles uma escondida censura. Por fim, o mais alto espalmou ambas as mãos na mesa, e falou:

— Temos o coração...

Não compreendi:

— *I beg your pardon?*!

Jimmy supôs que eu não fora capaz de decifrar o inglês do traficante, brusco e seco como uma tosse de fumador, e, aclarando a voz, traduziu com o seu esplêndido sotaque de aristocrata britânico:

— Prabahkar diz que lhe vende o coração do nosso São Francisco Xavier.

Estremeci:

— O coração?!

O homem debruçou-se sobre a mesa:

— Está vivo!

O outro lançou um silvo, uma rápida sucessão de consoantes, numa língua que não podia ser a de Shakespeare. Jimmy traduziu:

— Santosh diz que o coração está vivo e palpita. Diz que sangra.

Olhei-os em pânico. A pergunta saltou dos meus lábios como se eu fosse o boneco de um ventríloquo:

— Posso vê-lo?

Jimmy sorriu:

— Agora? Claro que não. Talvez daqui a pouco. Quem sabe ainda esta noite...

Prabahkar, o homem mais alto, sorriu também:

— Dez mil dólares...

Queria-lhes dizer que aquilo era um equívoco, que eu fora até ao bar de Jimmy arrastado pela curiosidade — ah, a maldita curiosidade! — mas faltou-me coragem. Fingi, com o único objetivo de ganhar tempo, que achava o preço muito alto:

— Quer negócio? Faça um bom preço...

— Para si, amigo de Jimmy Ferreira, meu amigo, faço um bom preço, sim, cinco mil dólares.

— Mil!

Ficámos em três mil. Expliquei que poderia dar metade logo e o resto uma semana depois. Jimmy mandou vir um vinho português, especial, para celebrar. O vinho chamava-se Salazar. Disse-lhe, irritado, que preferia brindar com cerveja.

— E a relíquia? Não avanço dinheiro nenhum sem antes ver a relíquia.

Prabahkar sossegou-me. Amanhã, no hotel, há de mostrar-me a relíquia e eu entregar-lhe-ei os mil e quinhentos dólares. Quando tiver a outra metade concluir-se-á a transação. Os dois homens, Prabahkar e Santosh, despediram-se com largas manifestações de cortesia e foram-se embora. Jimmy deixou-me sozinho. Enquanto escrevo estas notas vou pensando no que fiz. Acho que fiz asneira. Ainda resta algum vinho na garrafa. Provo-o: é brumoso e um pouco ácido, sabe a velho. Não presta, mas bebo-o todo.

4

AQUI ESTAMOS. PRABAHKAR E EU. Ou melhor: Prabahkar, eu e a caixa. Prabahkar olha para mim, e eu olho para a caixa, pousada diante de nós, em cima da mesa onde costumo trabalhar. A caixa é retangular, em metal, com uns quinze centímetros de comprimento, cinco de largura, apenas três de altura. A tampa, forrada a couro vermelho, mostra belos arabescos em dourado, com a cruz suástica em cada um dos cantos. Este símbolo, com os braços voltados para a esquerda, representa para os hindus e budistas a boa sorte, a chave do paraíso. Reparo, porém, que as cruzes inscritas na caixa têm os braços voltados para a direita, como a que Adolfo Hitler, talvez por equívoco, escolheu para símbolo do Partido Nacional Socialista dos Trabalhadores Alemães. Um estrangeiro, mesmo sabendo que os nazis roubaram a cruz gamada aos indianos e a perverteram, não pode deixar de experimentar um certo incómodo ao vê-la exposta aqui, um pouco por toda a parte.

— Pode abrir.

Ouço as gralhas gritando lá fora, tão claramente como se estivessem em cima do armário. Ouvem-se melhor porque faltou a eletricidade, a ventoinha não funciona, e eu descerrei as janelas de par em par, sob as ramagens verdes e húmidas da enorme figueira. Prabahkar limpa o rosto com um largo lenço. Sinto o suor a escorrer pelas costas.

— Vou abrir.

Não consigo compreender como cheguei até este ponto. Se abrir a caixa terei de concluir o negócio. Na mesa, debaixo do computador, há um envelope com mil e quinhentos dólares. O computador está ligado e a interrogação de Bruce Chatwin corre no ecrã: «O que faço eu aqui?... O que faço eu aqui?... O que faço eu aqui?». Estava a escrever quando Prabahkar chegou. Minto — fingia, para mim próprio, que estava a escrever. Pensei que se ignorasse o que ontem aconteceu, se tratasse o que aconteceu como fazemos com os sonhos, esquecendo-os, Prabahkar não viria. Veio. Chegou à hora marcada, com uma mochila de pano, como as que se vendem aqui em qualquer mercado, abriu-a e mostrou-me a caixa.

Agora agarro a caixa com ambas as mãos. Sinto dentro dela a presença de alguma coisa viva. Um pequeno animal atormentado. Batem à porta e quase a deixo cair. Pouso-a sem conseguir disfarçar o alívio.

— Com licença.

É Lili. Entra como um golpe de vento, perfumada, fresca, abraça-me, beija-me a boca. Só então repara em Prabahkar, hirto, sentado na cadeira como se esta fosse um cato; repara no meu ar de susto (estou a tremer). Finalmente — Deus meu! —, repara na caixa.

— Interrompi alguma coisa?

Dir-se-ia subitamente ansiosa:

— O que é isso?

Prabahkar levanta-se e guarda a caixa na mochila. Tudo nele parece ostensivamente falso e de mau gosto, como um sorvete de groselha ou flores de plástico no centro de uma sólida mesa de mogno. Está ali em pé, reluzente, afogado em suor, desesperado para se ir embora. Apresento-os:

— Este é Prabahkar, um amigo de Jimmy, veio aqui para me mostrar uns anéis do Nepal. Esta é Lili, uma amiga, portuguesa, está em Goa a restaurar livros antigos.

Lili aponta para a mochila:

— Posso ver os anéis?

A voz dela vibra, estala no ar como um chicote. Avança para Prabahkar e faz menção de agarrar a mochila. O outro recua, encolhe-se:

— Amanhã. Tenho de ir...

Abre a porta e desaparece a correr. Lili volta-se contra mim. Está pálida, os lábios tremem:

— O que tinha aquela caixa?!

Encolho os ombros:

— O que querias que tivesse? O coração palpitante de São Francisco Xavier?!

Julguei que a verdade, de tão absurda, a fizesse rir. Poderíamos ter rido os dois e então eu lembrar-me-ia da minha avó: «Com a verdade me enganas.» Lili, porém, não se riu. Olhou-me muito séria e foi-se embora. Procurei o ar fresco da janela. Aqui estou ainda, tentando colocar em ordem ideias e emoções. Conseguiria pensar melhor se não fizesse tanto calor. Esta canícula húmida, obstinada, atordoa e incomoda como uma dor de dentes.

Freedom fighters

Passava pela Praça da Igreja, em Pangim, quando vi os livros. Sou atraído por livros assim como outros homens são atraídos, sei lá, por um par de pernas morenas de mulher. Um par de pernas, eventualmente, também me atraem — mas os livros atraem-me sempre. Só depois reparei na placa: «Associação dos Combatentes pela Liberdade de Goa Damão e Diu». Achei um pouco estranho que a associação dos *freedom fighters* organizasse na sua sede uma espécie de feira do livro em segunda mão. Entrei, curioso, primeiro pelos livros e depois porque gosto de conversar com gente que viu a morte de perto.

Em Goa há aqueles que se referem aos acontecimentos de 1961 como «A Invasão», e os outros, os nacionalistas, que tremem só de escutar tais palavras. Eles dizem, com orgulho, «A Libertação». Até agora tenho escutado sobretudo os primeiros, na sua maioria gente ligada à antiga aristocracia católica, ou descendentes. Também me apetecia ouvir os segundos.

Os livros não me pareceram muito interessantes, excetuando um, *Os Arcanos Negros do Hitlerismo,* de Robert

Ambelain, que me chamou a atenção por incluir um capí-
tulo intitulado «o segredo da cruz gamada». Comprei-o
e estou agora a lê-lo: segundo Ambelain, a cruz suástica es-
colhida para símbolo do Partido Nacional Socialista dos
Trabalhadores Alemães é dextrogira, ou seja, representa-se
com os braços voltados para a direita, porque alguns dos
fundadores ou inspiradores daquele partido, incluindo
Adolfo Hitler, teriam aprendido técnicas de magia tântrica
e de xamanismo com uma ordem de monges tibetanos, os
Barretes Negros, que se serviam daquele símbolo nos seus
rituais. Na cruz suástica sinistrogira, presente em inúmeros
templos hindus, cada braço simboliza um plano da existência — o Mundo dos Deuses, o Mundo dos Homens, o
Mundo dos Animais e o Mundo Inferior; no Budismo representa o Selo sobre o coração de Buda, e no Tibete é usada
como um talismã da fortuna e boa sorte. Para estas religiões
a representação da cruz suástica com os braços invertidos
traz infelicidade, evoca forças obscuras e surge normalmen-
te associada a práticas de feitiçaria. Tudo isto me faz pensar na caixa onde Prabahkar dizia ter guardado o coração
de São Francisco Xavier.

   Fui recebido pelo presidente da associação dos combatentes pela liberdade, Nagesh Karmali, e pelo vice-presiden-
te, Krishnarao Rane, ligado à famosa e nobre casta guerreira
dos ranes, que ao longo dos séculos organizou em Goa diversas revoltas contra o poder colonial. Krishnarao, homem
de aparência simples, ingénua, participou diretamente em
algumas das principais ações da guerrilha. Nagesh Karmali,
porém, não o deixou falar. Vigoroso, apesar da idade,
determinado, olhar inteligente e irónico, Karmali tomou
a rédea da conversa. Às minhas perguntas, em português,
ele respondeu ora em inglês, ora num português errante

(ainda assim excelente, considerando, segundo explicou, que há quarenta anos não falava esta língua), interrompido por rápidos diálogos em concanim com Krishnarao Rane.

Nagesh Karmali integrou, nos anos cinquenta, alguns dos famosos grupos de *satyagrahi*, militantes que tentavam, pacificamente, protestar contra a presença portuguesa em Goa. «Colocávamos bandeiras da Índia em edifícios públicos e em monumentos. Distribuíamos panfletos, coisas assim.» Por causa disso foi julgado pelas autoridades portuguesas e condenado a dez anos de prisão. Conheceu o Forte de Aguada e a Prisão dos Reis Magos, onde, afirma, chegou a haver cerca de cinco mil pessoas detidas por motivos políticos.

— Foi torturado enquanto esteve preso?

— Fui espancado por três vezes até perder a consciência.

Um dos seus torturadores, diz com orgulho, foi Casimiro Monteiro. Compreende-se o orgulho: Casimiro Monteiro, agente da PIDE, ficou tristemente célebre por ter assassinado em Espanha, a 13 de fevereiro de 1965, o general Humberto Delgado — na época, a principal figura da oposição a Salazar. Segundo um outro agente da polícia política portuguesa, Rosa Casaco[1], terá sido também Monteiro quem, quatro anos mais tarde, armou a carta-bomba que matou o dirigente da Frente de Libertação de Moçambique, Eduardo Mondlane (um homem bom). Após a Revolução de Abril, em 1974, Casimiro Monteiro refugiou-se na África do Sul. Há quem insinue que foi também ele quem preparou a misteriosa morte de Orlando Cristina, aventureiro português

---

[1] Em entrevista ao jornal *Expresso*, n.º 1321, de 21 de fevereiro de 1998.

ao serviço do regime do *apartheid* que criou a Resistência Nacional de Moçambique, RENAMO, hoje o principal partido da oposição naquele país.

Quando Nagesh Karmali o conheceu, Casimiro Monteiro estava apenas a iniciar a sua carreira de criminoso de sucesso. O futuro assassino de Humberto Delgado e Eduardo Mondlane nasceu em Goa — era um descendente.

«Eles chamam-se a si próprios descendentes», corrigiu-me Karmali quando lhe falei nisso, «nós chamamos-lhes mestiços». Na época colonial, segundo o presidente da Associação dos Combatentes pela Liberdade de Goa Damão e Diu, «esta gente era mais papista que o papa. Queriam ser mais portugueses que os portugueses. Monteiro matou muitas pessoas, algumas delas inocentes, que não tinham ligação alguma com os movimentos nacionalistas. A pena de morte não existia. Legalmente não era permitido matar ninguém. Ilegalmente, é claro, podia-se matar toda a gente.»

— Você naquela época, quando se juntou aos *satyagrahas*, era realmente pacifista? O que pensava dos outros grupos. Como o Azad Gomantak Dal, que defendiam a utilização da violência?

— Não, não me sentia particularmente pacifista. Se tivesse conhecido as pessoas ligadas ao Azad Gomantak Dal ter-me-ia certamente juntado a elas. Havia ainda um outro grupo, chamado Rancor Patriótico. O Krishnarao Rane participou em várias ações deste grupo...

Perguntei a Krishnarao qual a ação mais perigosa em que participou. O antigo guerrilheiro começou a responder, mas foi interrompido por Karmali:

— Eles atacaram um posto policial em Chandel, no Norte, perto de Pernem. Os polícias tinham muitas armas. O objetivo do ataque era roubar essas armas e munições.

Eles vieram de noite, na escuridão, e começaram a disparar foguetes...

Krishnarao — Sim, sim...

Karmali riu-se — Começaram a disparar foguetes e os portugueses assustaram-se. Julgavam que eram muitos guerrilheiros com boas armas. Então os guerrilheiros derrubaram uma parede, com uma bomba, entraram por ali e levaram as armas. Eles tinham informantes entre os polícias. Havia portugueses que não gostavam do Salazar. Não houve muitas ações, é verdade, por causa da dimensão do território. Não tínhamos onde nos esconder.

Conversámos depois sobre as origens do moderno movimento nacionalista. Queria que me explicasse a preponderância de aristocratas católicos, como Tristão Bragança da Cunha, ou de hindus de castas elevadas, na génese desse movimento. Nagesh Karmali negou indignado: «os *freedom fighters* são, na sua maior parte, gente simples, muito humilde». Perguntei-lhe então de que casta proveio.

Rane interveio, entusiasmado:

— É brâmane, sim, sim, ele é brâmane...

Karmali sorriu, complacente:

— É verdade, se você quer saber, mas isso não tem importância alguma. Nós não estamos interessados nisso. As pessoas que participaram no combate pela libertação não atribuem importância alguma à questão das castas. Nem sequer professamos convicções religiosas.

— Então não frequenta os templos...

— Vou, vou às vezes com a minha família.

— O senhor é marxista?

— Sou... Fui marxista. Mas nunca fui membro do partido. Aqui, ao contrário do que aconteceu em Angola ou em Moçambique, a libertação não foi conduzida pelos marxistas. Havia gente de todas as convicções envolvidas no movimento.

— O que sentiu quando as tropas indianas entraram em Goa?

— Foi um grande momento para nós. Depois de 450 anos de domínio colonial vimos os portugueses a fugir. Fugiam como coelhos. Foi sem dúvida um grande momento!

Lua nova

Es solo miedo mi noche
Miedo lento, lento y largo
Siempre lento, siempre dentro
Dentro de una larga noche

CHABUCA GRANDE, «Una Larga Noche»,
no álbum *Tarimba Negra*

Satanás não representa outra coisa, afinal, senão uma me-
táfora literária para o último rebelde, o anti-herói que se
diverte a cumprir os instintos animais da carne sem jamais,
contudo, deixar de ser um cavalheiro. As filosofias que
exaltam a força, a criatividade e a natureza sempre foram
inimigas das grandes religiões escravistas como o Budismo,
o Islão ou o Cristianismo.

ANTON SZANDOR LA VEY, fundador da Igreja de Satanás

1

«Um edifício vagamente *Art Deco*.» É com esta expressão que alguns guias turísticos definem o Hotel Mandovi. Poderíamos dizer, de outra maneira, que o Hotel Mandovi gostaria de ser um edifício *Art Deco* — da mesma forma que um rei Momo gostaria de ser o imperador do Japão. Alguns pobres vitrais interiores, ou os desenhos nas paredes da sala de jantar, sugerem tal sonho. Num outro tempo devia ser agradável jantar ali, nas amplas varandas debruçadas sobre o rio, quando ao entardecer a brisa soprava fresca e límpida. Hoje, porém, as varandas do Mandovi a-brem-se irremediavelmente sobre o ruído do trânsito, o ar sujo, uma paisagem confusa e depressiva, e a qualquer hora do dia ou da noite sugerem mais incómodo do que repouso.

Ia pensando nisto enquanto subia as escadas para a sala de jantar. Lili não atendera o telefone no quarto. Calculei que estivesse a jantar. Vi-a assim que abri a porta, sentada numa mesa junto à janela, com um lenço vermelho resguardando os belos ombros nus. Na mesma mesa, de costas para mim, estava um sujeito que não reconheci imediatamente.

Era Pedro Dionísio. Cumprimentei-os. Pedro levantou-se, afável como sempre, e ofereceu-me uma cadeira. Lili não procurou disfarçar o rancor. Sentei-me, incomodado, seguro de que a minha chegada interrompera alguma coisa importante. No silêncio que se fez reparei que o pianista atacava (atacar é o termo certo) uma melodia familiar.

— Conheço esta musiquinha...

— É claro — irritou-se Lili. — É o Hino de Portugal!

— Ele costuma tocar o Hino de Portugal?!

— Acha que fico feliz, coitado, um dia destes tenho de lhe dizer que isso me deprime. Hoje já tocou o Malhão Malhão, vários fados conhecidos, e é a segunda vez que destrói o hino.

Um súbito rugido vibrou no salão, interrompendo as conversas e paralisando os empregados. Voltei-me e vi um velho magro, de pé, tremendo de cólera, lançando contra o pianista uma torrente de palavras obscuras. Pedro Dionísio, embaraçado, traduziu:

— É um *freedom fighter*. Diz que lutou contra os portugueses, que foi preso e torturado, e não pode admitir, já velho, que façam troça do seu sacrifício. Diz que nos hotéis portugueses, quando esteve em Lisboa, nunca ouviu tocar o Hino da Índia...

O pianista olhava espantado para o velho, olhava para os empregados, olhava para nós, à espera talvez de que alguém tomasse a sua defesa. Finalmente levantou-se e saiu para a varanda. Pedro Dionísio foi acalmar o velho. Lili escondeu o rosto entre as mãos:

— Que vergonha!

Perguntei-lhe porque estava zangada comigo.

— Porquê? Sal disse-me que foste a Candolim comprar droga. Isso explica o encontro do outro dia.

Ri-me. Podia tentar esclarecer, pela segunda vez, aquele estúpido equívoco, mas não valia a pena. Preferia que ela me visse como consumidor de substâncias ilícitas do que como traficante de relíquias.

Terminei de comer, despedi-me de Lili e de Pedro Dionísio, e fui falar com o pianista — em inglês, porque ele, de português, sabia apenas os versos de algumas músicas: «encosta a tua cabecinha ao meu ombro e chora», «mamã eu quero a chupeta», «Sebastião come tudo e não deixa nada». O pai, contou-me, foi para Bombaim tocar violino nos cinemas. E por isso ele, Olivier Bastos, nasceu na grande cidade. Com o triunfo do cinema sonoro a família regressou a Goa. Foi o pai quem lhe ensinou aquelas melodias. Ele, Olivier Bastos, ignorava tudo acerca delas, inclusive o significado d' *A Portuguesa*. Disse-me que amava os ritmos latino-americanos. Na década de setenta Olivier chegou a formar um grupo, os *Latin Gays,* que tocava sambas, rumbas e boleros nos hotéis de Bombaim. Uma noite um cliente americano quis saber se todos eles eram *gays.* Alegres? Claro que sim — os alegres latinos. Só nessa altura descobriram o que os americanos entendiam por alegres, e o grupo desfez-se. Pobre Olivier. Sentou-se ao piano (já não havia ninguém a jantar) e tocou e cantou aquilo de que realmente gosta: *Oye / si la rumba se soltó / es en nombre de este santo señor / zarabanda, zarabanda, zarabanda / para Xangô! / Dios del rayo / yo te entrueno / el mortero y el tambor! / que viva Xangô!*[1]

---

[1] «Que Viva Xangô», de Celina González, tema popularizado pelo grupo NG La Banda. Xangô, quarto rei de Oyo, nação ioruba, transformou-se depois de morto num orixá violento e vingativo. Deus do fogo, manifesta-se através dos raios e dos trovões. Patrono dos guerreiros, senhor das tempestades, Xangô acumula as altas virtudes e as grandes imperfeições humanas.

2

— Há muitos anos uma cigana tentou ler-me a mão e assustou-se, coitada, quase fugiu. «O destino do senhor», disse-me ela, «não cabe numa única mão.»

Plácido Domingo afagou satisfeito a longa barba branca. Lembra-se do episódio da cigana sempre que olha para trás e vê, lá ao fundo, os dias tormentosos daquilo a que chama a sua anterior encarnação.

— A nossa espécie — continuou — tem fraca memória. Esquecemo-nos de quase tudo. Muitas vezes, por outro lado, julgamos lembrar-nos de coisas que nunca nos aconteceram. Coisas que lemos, que aconteceram a outros, ou que alguém nos contou. Certos peixes esquecem-se de onde vieram no curto instante que levam a percorrer um aquário. O aquário é para eles, dessa forma, um espaço infinito, novo a cada instante, cheio de surpresas e de diversidade. Cada volta que dão parece-lhes uma experiência inédita. Connosco passa-se algo semelhante. A natureza criou o esquecimento para que nos seja possível suportar o terrível tédio deste minúsculo aquário a que chamamos vida.

Ontem ao regressar ao Grande Hotel do Oriente encontrei um sujeito em pé, encostado à parede, absolutamente imóvel. Ao longe, recortado contra a luz amarela da fachada, parecia uma sombra sem corpo. Um homem invisível deveria projetar silhueta semelhante. O chapéu cobria-lhe os olhos. Ao aproximar-me vi que era Elias, o Segredo, com o seu luto compacto. Só se moveu quando cheguei junto dele. Tirou um envelope do bolso e entregou-mo. Era um convite de Plácido Domingo: «Venha amanhã almoçar comigo e traga as fotografias. Lembrei-me de alguns episódios que talvez sejam do seu interesse. Venha antes que eu me esqueça.»

Plácido Domingo gosta de cozinhar. Serviu-me primeiro um caloroso muzonguê, caldo de peixe cuja fama de devolver a lucidez aos ébrios mais tenazes, quando não de regenerar defuntos, o tornou muito popular na culinária luandense. Queixou-se de não dispor em Goa do terrível jindungo cahombo, malagueta perfumada, muito agressiva, principal responsável pelo abençoado ardor do muzonguê. A seguir deu-me a provar o famoso sarapatel, prato que se acredita descender em linha direta do sarrabulho lusitano. Pode ser que sim. No sarapatel a carne de porco arde ao lume denso do molho de masala — um urdume de ferozes especiarias, jindungo, cravo-da-índia, pimenta, cominho, canela, tudo isto, e mais alguns mistérios, moído em vinagre —, suavizado, apenas quanto baste, pela doçura acre da polpa de tamarindo. É um prato a um tempo infernal e paradisíaco. Comi, sem poupar o vinho, um amável mas vigoroso Barca Velha, de 1982, com tal apetite que no fim, exausto, num estado de inefável felicidade, me achava capaz de perdoar qualquer ofensa, passada ou futura. O velho aproveitou a ocasião:

— Naquela tarde, na Basílica de Bom Jesus, hipnotizei--o...

Ri-me, sem vontade, à espera de que também ele se risse. Plácido Domingo, contudo, não moveu um músculo.

— Espero que me desculpe — disse —, precisava de apurar algumas coisas a seu respeito. Coisas que você, mesmo que quisesse, não me saberia dizer.

Senti, por instantes, o sangue em alvoroço nas veias. Senti que corava de vergonha e de indignação. Era como se o ouvisse confessar que tinha andado a ler o meu diário íntimo. Logo a seguir, porém, talvez por efeito do vinho, imaginei a cena e achei-a tão absurda que não consegui conter uma gargalhada.

— Não é possível! E o que descobriu?

— Receio que o estejam a utilizar, ou que o queiram utilizar como uma espécie de mensageiro.

— Desculpe?!...

— Entre alguns povos africanos, os pais dão aos filhos nomes que funcionam como mensagens para terceiras pessoas. Têm a certeza de que um dia, quando essas pessoas encontrarem aquela criança, quando ouvirem o seu nome, compreenderão a mensagem. O mensageiro nem sempre sabe, não tem consciência, da mensagem que transporta. Ou de que a mensagem é ele próprio. O que eu quero dizer é que você se está a envolver numa guerra que não lhe diz respeito. Vamos fazer o seguinte: vou dar-lhe o que quer. Aquilo que procurava, a minha história. E depois você faz as malas, sobe para um avião e regressa ao Rio de Janeiro.

Pediu para ver as fotografias. Foi então que se lembrou da cigana. Achei que era sincero ao reflectir na falta de memória da humanidade. Apontou para a fotografia em que aparecia ao lado de Agostinho Neto e de Mário Pinto de Andrade.

— O presidente Neto não me mandou a Cuba. A minha missão era mais perigosa: ir a Kinshasa convencer o ditador Mobutu a desistir do apoio à FNLA. Era uma missão

secreta, que pouca gente conhecia, e que infelizmente correu
mal. Fui preso assim que pus os pés em Kinshasa. Tinha levado comigo um jovem guerrilheiro, Elias, que foi também preso e torturado. Arrancaram-lhe a língua à minha frente...

Reparei que enquanto me contava estas coisas a voz dele ia ficando tensa e o sotaque angolano, até então quase
impercetível, se tornava nítido. Era como se, à medida que
mergulhava no passado, fosse recuperando o uso de um
corpo antigo.

— Deixei-me cair numa armadilha. Poucos dias antes
de sair de Luanda tinha descoberto uma maca muito séria,
documentos da PIDE em Angola, revelando que alguns
dirigentes do movimento haviam trabalhado para os portugueses. Não quis mostrar os documentos ao Velho sem
antes confirmar a sua autenticidade. Decidi deixar isso para quando regressasse da minha missão ao Zaire. Julgo que
é capaz de adivinhar o resto, não?

— Você acha que foram esses dirigentes que fizeram
com que fosse preso ao chegar ao Zaire?

— Tenho a certeza.

— Quanto tempo ficou preso?

— Até 1980. Fui solto alguns meses depois da morte do
presidente Neto.

— E porque não regressou a Luanda?

— Porque entretanto os meus inimigos se tinham instala-
do no poder. Eles foram muito hábeis. Utilizaram aqueles
mesmos documentos da PIDE, substituindo os próprios nomes por outros, incluindo o deste seu pobre amigo. Conven-
ceram assim o Comité Central de que eu e mais uns quantos
tínhamos traído a causa da independência e da Revolução.
Quando finalmente consegui sair do Zaire descobri que estava morto e, ainda por cima, veja a minha desgraça, que era
o cadáver de um traidor.

3

No regresso a Pangim, vindos de Anjuna, passámos defronte de um templo hindu. No pátio, à entrada, estava um elefante velho, miserável, com o corpo engelhado, coberto de manchas, servindo de isca para uma operação de recolha de fundos. Pedi a Sal que parasse o carro. Era a primeira vez que observava, ao vivo, um elefante indiano. Acariciei-lhe as orelhas ásperas enquanto o animal, envergonhado, revolvia com a tromba a terra escura. Paguei 50 rupias a um dos sacerdotes para que ele me tirasse uma fotografia posando, como um turista estúpido, agarrado à tromba do elefante. De repente ouvi um grito atrás de mim:

— Oh caralho!

Voltei-me e dei com o cozinheiro irlandês, um tipo gordo, simpático, que conheci no primeiro dia em que fui à Feira de Anjuna. Caminhava na minha direção, abraçado à mulher de cabeça rapada que, naquela mesma tarde, se sentara à nossa mesa.

— Sam, o cozinheiro. Lembras-te de mim?

Apertei-lhe a mão. A mulher apresentou-se:

— Lailah.

Voltei a experimentar um certo horror ao ver a língua dela, cortada ao meio, como a língua de uma serpente. *Piercings* não me assustam. Reparem nas belas mulheres Lamanis, de Karnataka, com os seus pesados anéis de prata presos às narinas. Reparem nos vestidos, de cores vivas como incêndios, com pequenos espelhos costurados no corpete, fiadas de moedas que tilintam nos debruns. Reparem nos brincos, nos anéis enormes, nos múltiplos colares, nas pulseiras flamejantes, nas grinaldas de flores macias. Qualquer frique americana, qualquer tardia *punk* europeia, se sente diminuída junto de uma destas senhoras. Costumo insistir com os meus amigos brasileiros para que ao invés de reproduzirem os modismos americanos, incluindo tatuagens e *piercings*, sigam o exemplo de alguns povos indígenas da Amazónia e adotem o uso do prato no lábio inferior. Isso, sim, parece-me uma opção radical, autenticamente tribal, capaz de arrancar exclamações de espanto em qualquer lugar do mundo. Um prato no lábio deve ser pouco prático, deve ser mesmo um tanto incómodo, mas um anel na vagina também é — não? Enfim, isto tudo para confessar que nunca antes tinha visto uma língua assim, fendida, a não ser no cinema, e achei aquilo assustador.

Sam e Lailah tinham vindo de autocarro. Disseram-me que estavam alojados no Venite, de forma que lhes dei boleia até Pangim, e depois subi e jantei com eles.

— Conhecemo-nos todos no mesmo dia, não foi?

Atirei a pergunta apenas para fazer conversa. Sam, contudo, olhou-me perturbado.

— Bom, não, eu já conhecia Lailah...

— Já se conheciam?!

— Mais ou menos. Conhecemo-nos através da Internet...

— E encontraram-se em Anjuna por acaso?

Começava a pensar que havia algo de estranho naquela história. Lailah lançou um olhar de censura a Sam. O rumo da conversa, obviamente, não lhe agradava.

— Sim — sibilou —, por acaso.

Sam ficou sorumbático. Porém, à medida que a mesa se ia enchendo de garrafas de *King Fisher*, vazias, recuperou a animação e foi-se tornando mais loquaz, contando histórias do tempo em que trabalhava como cozinheiro em Nova Iorque. Deixei-o beber. Havia umas dez garrafas vazias em cima da mesa, e só duas eram minhas, quando arremeti:

— Acho incrível a coincidência de vocês se terem encontrado em Anjuna...

Sam sacudiu a cabeça:

— Não foi uma coincidência assim tão grande. Eu sabia que ela viria. Nunca a tinha visto, mas sabia que ela estaria aqui, porque pertencemos os dois à mesma... à mesma...

— Ao mesmo grupo de discussão, na Internet — interrompeu Lailah —, foi assim que nos conhecemos.

— E o que discutem nesse grupo?

Sam baixou a voz:

— Queres mesmo saber?...

Lailah olhou para mim com um sorriso de troça. Os olhos intensos, grandes, mostravam a mesma cor cinzenta, iluminada, que tem às vezes o céu antes das grandes chuvas. O rosto era perfeito, e o crânio tão bem desenhado que conseguia parecer bonita mesmo sem a moldura dos cabelos. A julgar pelas belas sobrancelhas negras, muito espessas, não era difícil imaginar que deveria ter exibido em tempos uma cabeleira revolta, escura como a noite —

aquela noite. Vi-a passar a língua bífida pelos lábios pinta-
dos de azul e senti o que sentem as aves quando se deixam
ficar imóveis enquanto a serpente avança para as devorar:
puro terror. Ela soltou uma gargalhada doce:

— Não, ele não quer saber.

Meia hora depois, infelizmente, já sabia tudo. A maior
parte das pessoas parecem-nos interessantes enquanto sus-
peitamos que nos escondem um qualquer segredo. Desven-
dado o mistério este raramente é mais fascinante que o
silêncio anterior a respeito dele (basta pensar no terceiro
Segredo de Fátima). Por isso escrevi infelizmente. Eis, pois,
o que eu preferia não ter sabido: Sam e Lailah pertencem
a uma seita, não lhe posso dar outro nome, chamada Filhos de Seth.

— Não se trata de uma religião — explicou-me Sam. —
Trata-se de uma filosofia que exclui as religiões.

— É uma escola que não se propõe dar respostas, ensi-
na-te antes a fazer perguntas — continuou Lailah. — Uma
escola onde aprendes a perguntar. Depois de alguns anos,
se mostrares talento para tal, tornas-te um mago. A magia
permite-nos a experiência de ser Deus, o Deus de ti próprio, ao invés de rezarmos à imagem de um criador criado
pela nossa imaginação.

Seth, uma das divindades mais temidas do antigo Egito,
assassinou o irmão, Osíris, e foi depois morto pelo filho
deste, Hórus. Algumas versões sugerem que Seth regressou
à vida no corpo de uma serpente. Outras afirmam que não
foi Seth quem Hórus matou, mas apenas uma cópia deste,
e que a genuína divindade tomou a forma de uma gigantesca
cobra (sempre as cobras) e habita desde então no interior da
terra. Lailah fez um grande esforço, reconheço, para que tudo aquilo não soasse aos meus ouvidos demasiado absurdo:

— Seth representa para nós o arquétipo da autocons-
ciência. Poderíamos ter escolhido uma outra imagem,
Satanás, por exemplo, que é o símbolo de uma força que
se rebelou contra a injustiça cósmica. A figura de Satanás,
porém, está excessivamente corrompida por séculos de es-
túpida evangelização cristã. Nós acreditamos em Seth, ou
em Satanás, da mesma forma que um peixe acredita no
mar. Para um peixe o mar está por toda a parte. Ele move-
-se no mar, alimenta-se do mar, faz parte do mar.

Olhei-a de novo com atenção e dessa vez já não me pareceu assustadora. Pareceu-me assustada. Pareceu-me ridícula. O que eu via agora à minha frente era uma jovem
americana, de classe média, tão aterrorizada com a perspetiva de se encontrar sozinha no universo que estava disposta
a acreditar em qualquer coisa — no diabo, em fadas, em extraterrestres, provavelmente até em Bill Clinton. Uma pobre
menina tão ansiosa por encontrar uma identidade, e depois
um grupo dentro da qual a pudesse exercer, que não hesitara
em fender a própria língua e em raspar, com uma máquina
de barbear, a cabeleira negra.

— Mas, e então, tinham combinado encontrar-se aqui?

Eles devem ter percebido que eu começava a sentir-me
irritado. Sam, no entanto, parecia demasiado bêbado para
dizer fosse o que fosse. Apenas grunhiu. Lailah tentou
recuperar o meu interesse propondo um novo mistério:

— Vai haver aqui em Goa uma importante cerimónia.
Estamos à espera de convidados vindos de todo o mundo.
Mas sobre isso, lamento, não posso dizer mais nada.

4

Deixei os Filhos de Seth debruçados sobre uma das mesas do Venite (felizmente o quarto deles fica logo ao lado) e saí para a noite. Decidi passar por um cibercafé para ler os jornais portugueses e brasileiros. Há uns cinco dias que não sabia notícias do mundo. Havia percorrido poucos metros quando a eletricidade falhou. O céu era de um negrume compacto. Os chocos, ao serem perseguidos, soltam uma tinta espessa, a sépia, com que escurecem toda a água em seu redor. Senti-me naquele momento na pele de um mergulhador aprisionado numa súbita noite de sépia. Aquilo não parecia a simples escuridão que resulta da ausência de luz, mas antes algo de poderoso e de maligno, como se o negrume estivesse sendo segregado pelo chão. Um chão-choco, um monstruoso animal das profundezas, que afundava Pangim expelindo para a atmosfera uma espécie de alcatrão subtil. Encostei-me a uma parede e esperei. Alguma coisa passou por mim a correr. Os sons, em meio às trevas, sobressaíam como se tivessem arestas. Distingui muito próximo o tilintar de uma campainha de bicicleta. Uma voz soprou ao meu ouvido:

— Vá, vá! Fuja!...

Julguei distinguir aquele timbre:

— Jimmy?

Não devia ser ninguém. Alguma coisa parecia arfar a poucos metros de distância. Talvez um cão. Podia sentir que aquilo me cercava nas trevas e que era múltiplo, plural; podia sentir no rosto o seu hálito azedo. O calor da sua cólera.

— Jimmy? Por amor de Deus!

Então uma pequena luz tremulou ao fundo da rua e logo uma segunda se acendeu, mais perto, um fulgor vermelho, e eu vi que era uma lanterna de papel, em forma de estrela, que alguém pendurava na parede, em cima da porta. Depois outra porta se abriu à minha esquerda e surgiu nova lanterna, um grande globo amarelo, e em poucos minutos a rua inteira estava iluminada. Caminhei pelas vielas, assombrado pela beleza das luzes e incapaz de compreender se alguma coisa realmente sucedera ou se eu, em pânico, imaginara tudo.

Ao chegar à Rua 18 de Junho os candeeiros voltaram a acender-se. Entrei numa pequena livraria, que me habituei a frequentar, entre outros motivos porque o proprietário, o senhor Mendes, fala fluentemente português.

— Viu as lanternas?

Disse-lhe que sim. O velho sorriu:

— Estão a preparar o Diwali. O Festival das Luzes.

O Diwali, que se começa a celebrar dentro de dois dias um pouco por toda a península indiana, assinala a vitória do Senhor Krishna sobre um terrível demónio chamado Narkasura. Mais do que os outros povos da Índia, os goeses têm bons motivos para festejar este episódio. Segundo a lenda, Narkasura teria raptado dezasseis mil mulheres de Goa, as quais, derrotado o demónio, desposaram Krishna. No Diwali, acendem-se lanternas para afastar os génios maus e atrair os espíritos dos ancestrais. Nas ruas queimam-se efígies de Narkasura e soltam-se fogos de artifício. A festa assinala o fim das monções e o início de um novo ano. Coincide com a lua nova.

— Reparou como estava escuro?

O velho Mendes acha que os fogos de artifício servem também para purificar o ar depois da estação das chuvas. «Narkasura, sabe o que realmente significa? São as monções.»

Subindo por um escadote de madeira chega-se a um minúsculo cubículo cuja única mobília consiste numa cadeira e numa mesa com um computador. Aqui em Goa chama-se a isto um cibercafé. Uma ventoinha, que comunica para a rua, ajuda a iludir o calor. Liguei o aparelho e fiquei à espera do zumbido do *modem*. Lá fora uma cigarra respondeu. «Está a ouvir?», gritou-me o livreiro pelo buraco no soalho. «Ela julga que é outra cigarra.» Ri-me, espantado com o equívoco, e isso teve o efeito de afastar as sombras.

Descobri, ao ler os jornais, que um amigo meu foi preso em Luanda. Publicou um artigo responsabilizando o presidente da República pelo desenvolvimento no país de uma cultura da corrupção. Foi como se me tivessem dito que Alice fora presa no País das Maravilhas. Ou melhor, talvez seja o contrário, acho que eu é que estou no País das Maravilhas. O mundo real parece-me muito longe daqui. Abri a página do *Hotmail* à procura de correspondência. Havia várias cartas sobre a detenção do meu amigo. Não as li. O que me chamou logo a atenção foi uma mensagem com um título estranho, em inglês, Se Alguma Coisa me Acontecer. Abri-a. Era de Jimmy Ferreira:

«Esteja no domingo, depois do almoço, na Igreja de Nossa Senhora das Neves, em Rachol, e então concluiremos o negócio. Se eu não aparecer, se alguma coisa me acontecer, saia de Goa imediatamente. O seu amigo, Jimmy Ferreira.»

O cerco

ULTIMAMENTE SAL TEM-ME ENCHIDO de perguntas sobre Timor Leste. Levei algum tempo a compreender o interesse dele. «O que nos faz falta aqui», disse-me ontem, «é alguém como o Xanana Gusmão.»

O herói que conduziu a guerra contra a Indonésia, anos a fio, à frente de uma meia dúzia de guerrilheiros esfomeados, está a tornar-se popular em Goa. Sal colocou a fotografia dele no tabliê do carro, entre a redoma de vidro com a imagem luminosa da Virgem Maria e a minúscula urna em cristal de São Francisco Xavier. «Veja», insiste, «a nossa situação é semelhante à de Timor. A Indonésia invadiu Timor em 1975. A Índia invadiu Goa em 1961. Os timorenses são católicos, como nós, e por isso foram muito perseguidos e tiveram de lutar pela independência.»

Tenho ouvido outras pessoas, incluindo intelectuais respeitados, defenderem a independência de Goa. Nunca existiu, porém, um movimento organizado que lutasse por essa posição, nem antes nem depois da entrada das tropas indianas no território. Isto sempre me pareceu um pouco estranho. Havia em Goa, nos anos cinquenta, um grande número de quadros técnicos, mais do que em todas as outras colónias portuguesas juntas. Alguns eram favoráveis à continuação da presença portuguesa, e na sua maioria refugiaram-se em Lisboa depois de 1961; outros combateram, inclusive de armas na mão, o domínio colonial. Nenhum abraçou, pelo menos publicamente, a terceira posição possível: a causa da independência.

A historiadora Pratima Kamat, que tem estudado os movimentos de resistência ao domínio colonial em Goa, julga que isso pode ter a ver com a particular situação religiosa no território: «A partir do século XVIII, quando Portugal juntou a Goa as chamadas Novas Conquistas, a população católica passou a ser uma minoria.» Já em Timor os católicos constituem a esmagadora maioria da população e isso contribuiu para os diferenciar da restante população da Indonésia, mantendo sempre acesa a chama nacionalista. Pratima acredita que a base da cultura de Goa nunca deixou de ser hindu, o que também terá a ver com o prestígio do território na mitologia indiana: Goa, segundo a tradição, foi conquistada ao mar pelo sacerdote guerreiro Parashurama, a sexta reencarnação de Vixnu, o qual povoou a nova terra com as primeiras famílias brâmanes.

Pratima reconhece, no entanto, que muitos goeses católicos olham com inquietação para o futuro. Cresce na comunidade um sentimento de cerco. Há cada vez mais hindus no território, vindos de outras partes da Índia, para cima de trinta por cento da população total, ao passo que a maior parte dos goeses que emigram são católicos. Em 1950 cerca de trinta e sete por cento da população de Goa era católica. Hoje são menos de vinte por cento. «Atualmente, ao nível das aldeias, existe de facto alguma desarmonia. As diferentes comunidades têm, é claro, práticas diferentes. Se você for a minha casa e comer num determinado prato eu guardo esse prato para quando você voltar. Não volto a comer nesse prato nem o autorizo a comer no meu. Isto sempre foi assim, e sempre trouxe alguns problemas, mas agora é muito mais grave.»

Curiosamente até alguns velhos goeses hindus revelam uma certa nostalgia pelo passado colonial. Muitos valorizam determinados fatores da herança portuguesa, incluindo a língua, procurando assim diferenciar-se dos indianos recém-chegados ao território. «Nós somos mais civilizados do que esses tipos», dizem, e recordam o tempo, há quarenta anos, em que as cidades e aldeias de Goa eram limpas, sossegadas e seguras. Sossegadas e seguras talvez fossem, mas limpas? Duvido.

Encontrei na livraria do velho Mendes um exemplar do jornal O Heraldo, hoje Herald, de 4 de setembro de 1930, que inclui a carta de um leitor protestando contra uma lei a proibir a divagação de suínos na vila de Margão: «A vila de Margão é sem dúvida elegante e bonita. Mas deixa muito a desejar sob o ponto de vista higiénico e sanitário. Atrás da fonte, na Rua do Hospício, e em vários outros pontos centrais da vila, veem-se hindus a fazerem muito cedo as suas defecações. Como se poderá proibir a divagação de suínos, sendo eles os principais benfeitores da vila, sob o ponto de vista higiénico, por fazerem desaparecer os excrementos que as correntes da água da chuva podem levar para vários pontos?»

«Por vezes», disse-me Pratima Kamat, «acontece transportar no meu carro uma mulher de Karnataka, e então você não pode imaginar como a polícia é capaz de se mostrar rude.» Sim, posso imaginar. Sal, por exemplo, odeia as mulheres de Karnataka. Perguntei-lhe uma vez se aceitaria casar com uma delas. Olhou para mim com desgosto, como se lhe estivesse a propor algo contra a natureza, e não respondeu. Insisti. Sal encolheu os ombros: «São muito feias!» Perguntei-lhe se não aceitaria casar com alguma particularmente bonita — e há-as lindíssimas. Disse-me que sim apenas porque, obviamente, não lhe apetecia prolongar a conversa: «Se ela se convertesse poderia casar.» Mais à frente, no entanto, voltou ao assunto: «A minha mãe não me deixaria casar com uma mulher cuja família não fosse católica.»

Percival de Noronha, homem já de certa idade, gentilíssimo, o perfeito cavalheiro da velha aristocracia católica goesa, envolveu-se há alguns anos numa terrível polémica, depois de ter publicado um artigo num jornal local a defender a tese de que Goa foi tomada à força, e não libertada pelas tropas indianas. Visitei-o no seu apartamento, nas Fontainhas, onde vive sozinho, rodeado de móveis indo-portugueses e de alguns valiosos exemplares de cerâmica chinesa. Na parede tem pendurado um escudo com as armas da Índia Portuguesa. Contou-me que alguém lhe telefonou, poucos dias após a publicação do artigo, gritando que o iam arrancar a casa e levá-lo em procissão pelas ruas da cidade com a cabeça coberta de bosta. Não fizeram isso, mas pouco faltou. Foi acusado, nos jornais, por articulistas ligados aos *freedom fighters,* de ser um traidor à pátria e um escravo dos portugueses. Nada disso o fez mudar de ideias:

— Nós fomos integrados à força nesta grande desordem — diz, revelando uma surpreendente energia. — Em apenas vinte e quatro horas mudou-se a língua. A língua era de uma potência colonial e passou-se para a língua de outra potência colonial, a língua inglesa. Imagine o trauma que tudo isto provocou. O que é Goa hoje? Um pequenino estado dentro de um país enorme como é a Índia. Nós não tínhamos corrupção. Hoje a corrupção está generalizada.

Antigamente todos os cargos na administração pública eram ocupados por goeses. Hoje, nem com o auxílio de uma lanterna, e em pleno dia, você encontra um goês numa secretaria. Cada dia nos sentimos mais estrangeiros dentro da nossa própria terra.

O grande erro, segundo Percival de Noronha, foi Goa não ter negociado um estatuto especial, como aconteceu com Caxemira, que protegesse os interesses do território e controlasse a entrada de imigrantes indianos vindos dos estados vizinhos.

E o futuro?

Percival está cético:

— Não há futuro.

Sal discorda:

— Houve ou há ministros de origem goesa no Quénia, em Moçambique, em Portugal e em Inglaterra. Houve goeses que lutaram e morreram pela independência de Angola, de Moçambique e do Quénia. E nós, não podemos ser independentes e administrar o nosso próprio país?

Como fazer uma múmia

Nada me importa a mí dolor presente
Nada me importa a mí dolor pasado
El porvenir lo espero indiferente
Lo mismo es ser feliz que desgraciado.

Composição do cubano ANGEL ALMENARES, interpretada por
Zaida Reyte e Alfredo Alonso no álbum *Casa de la Trova*

Dying
Is an art, like everything else,
I do it exceptionally well.

(...)

Herr God, Herr Lucifer,
Beware Beware.
Out of the ash
I rise with my red hair
And I eat men like air.

SYLVIA PLATH, «Lady Lazarus», in *Ariel*

1

DEMOREI A ADORMECER por causa do crepitar dos fogos de artifício. Acordei às duas horas da manhã sonhando que me afogava num céu noturno, entre as estrelas, enquanto a Via Láctea girava num remoto silêncio sobre mim. A eletricidade voltara a falhar (acontecia agora frequentemente), a ventoinha estava morta, e o ar do quarto transformara-se numa substância quente e opressiva que me sufocava. Pequenas coisas sem nome flutuavam por ali. Reconheci os minúsculos monstros fosforescentes dos meus sonhos de criança; os inumeráveis insetos das profundezas da alma e os seus espetros; diversos aparelhos sem serventia neste nosso mundo. Arrastei-me penosamente até à janela e sentei-me no parapeito. A escuridão impedia-me de distinguir as ramagens da figueira. Não estava menos calor lá fora. Regressei, tateando nas sombras, até encontrar a casa de banho, rodei a torneira do chuveiro, e deixei-me ficar encostado à parede por muito tempo, a água a bater-me no rosto, a escorrer fresca e vigorosa pelo meu corpo nu. Depois voltei a sentar-me, sem me secar, no parapeito

da janela. Estava lúcido, refeito, liberto da opressão do
sono.

Durante o dia o ruído em Pangim nunca se interrompe,
é constante e cobre tudo, de tal forma que por vezes me parece difícil escutar o que penso. É como tentar conversar
com alguém, ao telefone, numa linha suja, cheia de interfe-
rências e de eletricidade estática. Naquela janela, debruçado sobre a noite imensa e o seu largo silêncio, sentia-me
mais capaz de refletir. Procurei ordenar o caos. O que fazia
ali? Já tinha a verdadeira história de Plácido Domingo.
Podia, como lhe prometera, regressar ao Rio de Janeiro.
Era uma boa história, embora, de certo modo, lamentasse
o seu desfecho. Teria preferido que o velho fosse realmente
um traidor. Seria perfeito como metáfora do Diabo —
o supremo traidor.

Um estalido surdo no andar de cima desviou-me o pensamento. Pedro Dionísio dissera-me que o soalho, de rijo
pinho português, fora feito a partir dos salvados de uma
caravela. A madeira, curada pelo sal de todos os mares do
mundo, resistia às agressões dos séculos, ao tormento das
monções, à sanha das térmitas, e isto sem necessidade
de qualquer tipo de tratamento químico. À noite, porém,
rangia, protestava, como se os fantasmas dos marinheiros
mortos regressassem nas trevas para bailarem naqueles
salões as suas danças selvagens. Foi então que ouvi, claramente, um queixume de mulher, e logo em seguida uma
voz mais grave, uma voz de homem, murmurou qualquer
coisa. A mulher gemeu uma resposta. Não distinguia as
palavras, não saberia dizer em que língua falavam, mas era
fácil adivinhar o que diziam.

Sorri divertido. No andar de cima vive Pedro Dionísio.
Visitei-o uma vez. O apartamento está decorado com raro
bom gosto. Pedro mostrou-me orgulhoso uma coleção de

aguarelas representando as aves de Goa: abelharucos, guarda-rios, pica-paus, patos, os ferozes búteos, magníficas
águias de olhar duro e penetrante. Mostrou-me depois
outra coleção, encaixilhada em molduras de prata nas paredes do seu quarto, com cenas eróticas. Essa, sim, impressionou-me. Expõe-se ali todo o *Kama Sutra* e muito mais
— não deve haver prática sexual, habilidade, fantasia, vício, violência, perversão, que não esteja representado,
e com talento!, nas amplas paredes daquele aposento. A cama, em ferro, pintada de um verde ingénuo, pareceu-me
enorme, grande e luxuosa como um salão de festas. Ele riu-
-se quando lhe disse isso.

— É um salão de festas.

Estendi-me, ainda molhado, entre os lençóis. Agora
o que não me deixava adormecer era a tensão no andar de
cima. Enquanto o soalho rangia eu lembrava-me das magníficas ilustrações nas paredes do quarto de Pedro Dionísio.
Homens com pénis enormes, lustrosos, possuindo mulheres
de rosto impassível. Muitos homens possuindo uma única
mulher. Muitas mulheres em torno de um mesmo homem,
todas impávidas, como formigas devorando a sua presa. Finalmente adormeci, mas foi um sono inquieto. Sonhei com
mulheres louva-a-deus que me perseguiam. Levantei-me,
sabendo que continuava a sonhar, e encontrei o quarto
cheio de gente. Intocáveis. Um velho oferecia os seus serviços para limpar, com a unha, uma unha enorme, os ouvidos dos restantes. Alguém me explicou que ele pertencia
a uma casta especializada em limpar ouvidos. Quando realmente acordei, quatro horas depois, o alvoroço continuava
sobre a minha cabeça. A mulher gritava, gemia, batia com
os punhos no colchão, e eu sentia cada pancada como se
estivesse debaixo da grande cama verde de Pedro Dionísio.

Uma luz azul, muito ténue, deslizava entre as folhas da figueira. Eu estava tonto de sono, exausto, queria que ainda fosse noite fechada para dormir outra vez. Girei na cama e voltei a sonhar, mas dessa vez aconteceu algo estranho. Vi o quarto do alto, como se estivesse a levitar, vi o meu próprio corpo estendido sob os lençóis, e depois senti-me a deslizar através da parede, através do quintal, e cada vez mais rapidamente, numa vertigem, através da cidade adormecida, dos campos de arroz, das florestas sombrias, e remotas e alheias. O meu coração acelerou, descompassado, e compreendi (em pânico) que ia morrer. Lutei para acordar. Queria abrir os olhos. Entrevi, enquanto o mundo corria alucinado à minha volta, as asas mortas, muito brancas, da ventoinha presa ao teto, e isso trouxe-me à memória o cadáver de uma gaivota que certa tarde, quando era criança, encontrei na praia. Nesse momento a ventoinha começou a girar; a luz do candeeiro, na mesinha de cabeceira, acendeu-se — e eu acordei. Saltei da cama, aflito, com o coração em tumulto. A casa estava silenciosa.

Vesti-me, agarrei no meu caderno de apontamentos e fui sentar-me numa cadeira de verga, na varanda, à entrada do hotel — onde ainda estou. Escrever acalma-me, devolve-me a confiança, ajuda-me a pensar. Eram seis horas da manhã. Um riquexó deteve-se a poucos metros de mim. Nesse momento a porta abriu-se e vi aparecer Lili, com um lenço vermelho a cobrir-lhe os ombros largos, a belíssima cabeleira ruiva iluminando a manhã. Achei-a muito exaltada, não no sentido de colérica, mas de quem tem um incêndio em tropel nas veias. «Bom dia!», gritou-me enquanto corria para o riquexó. Fiquei ali, sozinho, a cantarolar um velho samba de Cartola:

Queixo-me às rosas
Mas que bobagem, as rosas não falam
Simplesmente as rosas exalam
O perfume que roubam de ti
Devias vir
Para ver os meus olhos tristonhos
E quem sabe sonhavas meus sonhos
por fim.

2

SAL NÃO TEVE DIFICULDADE em encontrar o Seminário de
Rachol. Disse-lhe para me deixar ali e voltar quando fossem umas cinco horas da tarde. Operários haviam erguido
no interior da igreja altos andaimes em bambu e toda
aquela subtil estrutura estava entrançada com tal arte que
se diria obra da natureza. Sentei-me. Uma brisa salvadora
esgueirava-se por entre as canas, agitando-as, levantando
um rumor fresco, vegetal, e criando assim uma aprazível
ilusão de selva. Jimmy não estava dentro da igreja. Esperei
algum tempo. Os operários regressaram do almoço e subi-
ram aos andaimes. Estavam a restaurar as dezenas de pequenas figuras que cobrem as paredes da igreja. Um homem magro sentou-se ao meu lado — um padre. Mostrou-
-me os anjos:
    — No tempo dos portugueses — disse —, todos esses
anjos riam. Agora, veja bem, estão a chorar...
    Eu não os acho infelizes, pelo contrário, pintados em
cores de fantasia lembram figuras de um carro alegórico
desfilando na Avenida Marquês de Sapucaí durante o Carnaval. O padre convidou-me a visitar o seminário. Hesitei

alguns segundos entre ficar ali, à espera de Jimmy, e ir com ele. Tinha esperado mais de uma hora e meia. Odeio esperar. Fui. O seminário pareceu-me imenso. Percorri com vagar os longos corredores, os sonoros claustros, vi os retratos de todos os bispos de Goa, vi as cozinhas, com tachos enormes sobre fogueiras no chão, e os porcos e os búfalos pastando no quintal. O padre mostrou-me, na entrada do seminário, um fresco que representa o Inferno. Depois levou-me à biblioteca. Não cheguei a olhar os livros, o que lamento, pois o Seminário de Rachol é conhecido pela sua coleção de obras raras, muitas das quais impressas ali mesmo, naquela que foi a primeira tipografia da Índia. Plácido Domingo estava sentado a uma das mesas.

— O senhor aqui?!

Ele, ao contrário, não pareceu surpreso por me ver. Nada, aliás, o parece surpreender. O seu olhar lembra-me uma canção de Adriana Calcanhoto. É um «olhar sem sonhos», um «olhar blasé / que não só já viu quase tudo / como acha tudo tão déjà-vu mesmo antes de ver».

— Não devia estar no Rio de Janeiro?...

Despedi-me do padre e sentei-me ao lado do velho. Achei que era melhor contar-lhe tudo. Falei-lhe de Jimmy Ferreira, de Prabahkar e da caixa com o coração vivo e palpitante de São Francisco Xavier. Falei-lhe de Sam e de Lailah, e do meu estranho sonho, naquela manhã, ao despertar. O velho ouviu-me em silêncio. Quando terminei sacudiu a cabeça com irritação:

— Palhaços! Essa gente desprestigia o Diabo.

Referia-se aos Filhos de Seth.

— Lailah, a Noite, é o nome de um demónio da mitologia hebraica, por vezes também identificado com Lilith. Sam, claro, pode ser simplesmente o diminutivo de Samuel, o último dos juízes que governaram os hebreus, segundo o Antigo Testamento, e o primeiro dos seus profetas. Mas Sam também significa veneno em hebraico. Samael, o Anjo do Veneno, é um dos muitos nomes de Satanás.

Encolheu os ombros:

— Quem fala não sabe. Quem sabe não fala. Já dizia Salomão: relho para cavalo, freio para o jumento, e uma vara para as costas dos insensatos.

Olhou-me a direito, intensamente, e pela primeira vez notei nos seus olhos um brilho de inquietação — ou talvez fosse curiosidade.

— Não chegou realmente a ver o coração? Bom, ainda que o tivesse visto ninguém nos garante que não fosse, por exemplo, o coração de um boi...

— Vivo?

— Bom, vivo, ainda palpitante, seria de facto um prodígio.

Fez uma pausa. Ao longe ouvia-se o vago latir de um cão. No mais tudo estava em silêncio. Fazia-me bem escutar aquela quietude, ali sentado, na suave frescura do enorme salão.

— Para que é que alguém havia de querer o coração de São Francisco Xavier, mesmo vivo, mesmo muito palpitante, mesmo jorrando sangue e amor aos borbotões?! Não pretendo desapontá-lo, meu jovem amigo, mas o mundo está cheio de corpos humanos mumificados, alguns acidentalmente, através de processos naturais, e outros graças a determinadas técnicas. Não há nada de milagroso nisso. É fácil fazer uma múmia.

Explicou-me que no Antigo Egito os embalsamadores começavam por introduzir nas narinas dos defuntos uma espécie de comprida agulha metálica, agitando-a cuidadosamente até desfazer por completo a massa encefálica, que era então drenada. Em seguida, através de uma pequena incisão no ventre do morto, retiravam-lhe todos os órgãos internos, logo guardados em jarros especialmente concebidos para o efeito, chamados canopos, exceto o coração, o qual devia permanecer junto do corpo. A parte mais complexa, retirar a água do cadáver, era conseguida deixando-o repousar durante cerca de quarenta dias numa solução sólida de natrão (palavra que vem do egípcio *ntrj*), um sal à base de bicarbonato de sódio. Finalmente, o defunto, já seco, era massageado com óleos aromáticos.

Plácido Domingo parecia saber tudo sobre o assunto. Contou-me que os carrascos ingleses, na Idade Média, coziam as cabeças das suas vítimas em água salgada com cominho. As cabeças eram depois expostas, presas à extremidade de uma comprida vara, nas pontes, praças e outros locais de passagem. O sal e a cozedura atrasavam a decomposição. O cominho servia para impedir que os pássaros debicassem aquela carne morta.

— As múmias egípcias, na sua esmagadora maioria, tiveram uma eternidade curta. Muitas foram destruídas por salteadores de tumbas. Outras conheceram um destino ainda mais atroz. No século XVII, por exemplo, os europeus acreditavam nos poderes terapêuticos do pó das múmias. Criou-se assim uma lucrativa indústria. As múmias eram reduzidas a pó no Egito e enviadas para a Europa. Em breve, faltando exemplares autênticos, alguns comerciantes egípcios mais empreendedores trataram de mumificar cadáveres dos seus contemporâneos, reduzindo-os a pó, e enviando-os depois, em pacotinhos, para a Europa. Muitas dessas pessoas haviam morrido de doenças contagiosas, como a varíola, e assim o pó de múmia, longe de tratar o que quer que fosse, ajudou a propagar tais moléstias entre os europeus.

Argumentei que o corpo de São Francisco Xavier, a acreditar nos testemunhos da época, não terá sido sujeito a qualquer tipo de tratamento químico — e por isso o assombro. Plácido Domingo anulou a minha observação com um simples gesto de enfado:

— Sabe-se que o corpo de São Francisco foi colocado, logo após a morte, e como era costume naquela época, numa vala com cal. Isso, e condições atmosféricas propícias, poderiam ter contribuído para a conservação do cadáver. De resto, como lhe disse antes, também o corpo de São Francisco se corrompeu. Nada resiste ao tempo. A própria Igreja já não defende que existe um corpo incorrupto na Basílica do Bom Jesus, e sim, simplesmente, relíquias. Ou seja, ossos, pó, sonhos, coisa pouca. A nossa Santa Madre Igreja, aliás, cética e moderna, já não acredita em milagres, pelo menos nos grandes milagres, e muito menos no Diabo. A Igreja Católica quer ver-se livre do Diabo, acha-o, como dizer?, um barbarismo incómodo.

— Já agora, por falar no maldito, posso saber porque colocou a imagem de uma serpente no portão da sua casa? Estou sempre a encontrar serpentes em Goa...

Plácido Domingo riu-se:

— Essa, a minha, é benfazeja. É a serpente de Esculápio, o patrono da medicina. Representa a renovação da vida porque a serpente muda de pele e assim se renova. Não lhe disse que o meu pai era médico?

Óbvio, Santo Deus, como é que não tinha pensado naquilo? O velho, porém, levou a sério a observação.

— Talvez você não saiba que a primeira imagem simbólica de Jesus Cristo foi uma serpente. No Antigo Testamento conta-se que o Senhor Deus castigou a desobediência dos israelitas com uma praga de serpentes venenosas, ainda por cima aladas, e muitos morreram. Permitiu no entanto

a Moisés que se fizesse uma serpente de bronze, de forma
que quem a contemplasse permaneceria vivo. É por isso
que os báculos dos bispos têm uma serpente. O homem
sempre prestou culto às serpentes. Aqui mesmo, na Índia,
cultuam-se as cobras-capelo. Kali, a deusa negra, é representada muitas vezes com um colar de serpentes. Serpentes
e dragões, meu jovem amigo, foram os nossos primeiros
deuses e, é claro, também os nossos primeiros demónios.
O mito dos dragões, que está espalhado pelo mundo inteiro, pode ser, talvez seja, será certamente, uma recordação
remotíssima dos últimos dinossauros. Os aborígenes aus-
tralianos, por exemplo, acreditam que os estranhos morros
rubros de Kata Tjuta, cinquenta quilómetros a ocidente das
famosas formações rochosas a que os ingleses deram o nome de Ayers Rock, são o refúgio de uma serpente mons-
truosa chamada Wanambi. Na antiga Babilónia, a Rainha
da Escuridão era representada como um dragão de muitas
cabeças, Tiamat. Entre os Astecas, a deusa da agricultura,
Itzpapalotl, a Borboleta de Lâmina de Obsidiana, asseme-
lhava-se a um dragão. No folclore albanês, Bolla é um
monstro que dorme durante o ano inteiro. Acorda no dia
de São Jorge e devora quem passar por perto. Ao fim de
doze anos transforma-se noutro ser, Kulshedra, o Dragão
das Nove Línguas. Quer outro exemplo? Barcelona. Os
dragões dominam Barcelona. E qual é o símbolo do País de
Gales? Um dragão vermelho, a Grande Serpente Vermelha,
o velho Deus Dewi. Finalmente temos o conde Drácula, cujo nome, adivinhe, vem do latim *draco* — o dragão.

Aquilo recordou-me uma outra conversa.

— Existe alguma constelação com esse mesmo nome,
Constelação de Draco?

Plácido Domingo olhou-me de novo, intrigado:

— Existe. Aliás acho curioso que fale nisso porque há pouco, a propósito desses seus amigos, os palhaços, também eu me lembrei dela.

Suspirou:

— A estupidez, sabe?, devia doer. Enfim, lembrei-me da Constelação de Draco porque existe uma pirâmide dedicada a Seth e a principal câmara desse monumento está orientada na direção de *Alpha Draconi*. Os antigos egípcios, segundo alguns especialistas, acreditavam que *Alpha Draconi*, na Constelação de Draco, era a verdadeira morada de Seth.

Fiquei em silêncio. Via Lili à minha frente, bela como a Lua no seu máximo fulgor, despindo as alças do fato de banho, primeiro o braço direito, depois o esquerdo, enrolando o tecido negro até ao umbigo e revelando o peito esplêndido, muito branco, e os treze pequenos sinais correspondentes às estrelas da Constelação de Draco. Plácido Domingo continuava debruçado sobre mim:

— O que me preocupa, deixe-me ser franco, é esse seu sonho. Pode ter sido auto-hipnose. A luz da madrugada e o estado de sonolência conduzem às vezes a situações do género. Recomendo-lhe que durma, se possível, com a janela fechada. Pode morrer-se assim, sabia?

Descemos juntos. O velho apontou para o fresco, representando o Inferno, que eu vira à entrada:

— Não lhe disse? O Diabo nunca se encontra muito longe da casa de Deus. Quase sempre, aliás, está lá dentro. Em certos templos, olhe, no Mosteiro dos Jerónimos, em Lisboa, são mais os diabos que os anjos. Experimente tirar o Diabo da história do cristianismo. É como imaginar o *Othello*, de Shakespeare, sem o Iago, não acha? O que sobra? O pérfido Iago, e não o negro Othello, ele sim é a personagem principal do drama de Shakespeare. Exatamente como Satã em relação ao cristianismo. Ou, se quiser de outro modo, o Diabo, e não Deus, foi a grande criação, a mais extraordinária criação do Homem.

Tive medo de que alguém nos escutasse. Perguntei-lhe se queria que o levasse a casa. Sal já estava à minha espera. Plácido Domingo recusou com delicadeza. Com aquela túnica de algodão, de um branco sem mácula, as sandálias de couro nos pés finos, a barba caindo desarrumada pelo peito, parecia um velho patriarca.

— Elias vem-me buscar. Não se preocupe, ele cuida de mim desde o princípio do mundo.

3

Voltei esta tarde à livraria do velho Mendes para ace-
der à Internet. Encontrei mais cartas a propósito da prisão
do meu amigo em Luanda. Li duas. Numa pediam-me um
artigo de opinião a publicar num jornal de Lisboa. Na outra diziam-me que o caso dele estava a mobilizar organiza-
ções ligadas à defesa dos direitos humanos um pouco por
todo o mundo. O que eu queria, no entanto, era saber alguma coisa de Jimmy. Reli a curta mensagem dele: «Esteja
no domingo, depois do almoço, na Igreja de Nossa Senhora das Neves, em Rachol, e então concluiremos o negócio.
Se eu não aparecer, se alguma coisa me acontecer, saia de
Goa imediatamente. O seu amigo, Jimmy Ferreira.»

Igreja de Nossa Senhora das Neves? Haveria outra igreja, em Rachol, além daquela que pertence ao seminário?
Desci e perguntei ao velho Mendes. Ele assentiu com a cabeça:

— Claro. Existe a Igreja do Seminário e a poucos passos
dali a Igreja de Nossa Senhora das Neves. Porque pergunta?

Expliquei-lhe que, julgando tratar-se da mesma igreja, devia ter-me desencontrado com um amigo. Sentei-me alguns minutos no espaço acanhado da livraria à conversa com ele. Mendes perguntou-me se visitei algum templo hindu. Confessei que não, um tanto embaraçado, porque os templos hindus fazem parte do roteiro de qualquer turista e ignorá-los pode até parecer falta de respeito. Ele aconselhou-me a visitar o Templo de Shri Manguesh, nove quilómetros a norte de Ponda, famoso pelos seus oráculos e adivinhos. Mostrou-me depois alguns livros em português. Comprei os dois volumes do *Glossário Luso-Asiático* de Sebastião Rodolfo Dalgado, uma edição de 1988, em capa grossa, que reproduz a edição original, de 1919.

Fui jantar ao restaurante A Ferradura, lugar simpático, tranquilo, que, além da tradicional cozinha goesa, serve um excelente churrasco de frango, caldo verde, canja de galinha e outros pratos portugueses. Vasco, o proprietário, é angolano, de Malange, e combateu durante os primeiros meses da guerra civil ao lado das tropas de Jonas Savimbi. Disse-me que quando chegou a Goa, há mais de vinte anos, não falava uma única palavra de concanim: «Nos primeiros meses sentia-me aqui como se fosse um turista. Mas não me foi difícil a adaptação porque na minha família toda a gente falava português e, além disso, naquele tempo, aqui, no Bairro das Fontainhas, até os jovens entendiam a nossa língua. Há vinte anos, imagina tu, não havia televisão, não havia telefones, quase não havia hotéis nem restaurantes. As pessoas viviam numa apatia, era aquela coisa do sossegado, podia-se deixar todas as portas abertas que ninguém roubava nada. Isto era uma coisa tão sossegada que um gajo às vezes sentia-se numa prisão.» Pergunto-lhe se agora já fala concanim. «O meu concanim é concanim de mercado. Não consigo manter uma conversa.» E Angola? «Viajei muito por Angola, sabes?, conheço o país de uma ponta a outra. Cresci a falar quimbundu. Aprendi a falar umbundu. O meu pensamento continua em Angola.»

Ao sair encontrei um grupo de homens reunidos junto de um oratório, mesmo ali, no início da Rua de Ourém. Um velho tirava de um pobre violino uma melodia melancólica, triste como chuva fina num dia de inverno, enquanto ao redor dele uns vinte outros homens cantavam orações em português:

> Virgem nossa soberana
> sede nossa intercetora
> Virgem Nossa Senhora
> velai por nós
> Virgem Nossa Senhora
> amparai-nos.

Isto quase no meio da estrada. Alguns carros, um ou outro riquexó, diminuíam a marcha. As motas ziguezagueavam ruidosas. Gente passava alheia àquele incrível espetáculo de fé. Juntei-me aos homens e rezei também. Velas tremulavam no pequeno altar. Rezei sem saber a quem. Nem sequer sabia que santo estava ali. Voltei-me e vi Elias, o Segredo, mesmo atrás de mim. Cumprimentei-o e ele devolveu a saudação com um leve aceno de cabeça. Corri até ao hotel à procura do gravador, um pequeno gravador digital que trago quase sempre comigo, mas quando regressei já não havia ninguém junto ao oratório.

4

À BEIRA DA ESTRADA, a caminho de Candolim, camponeses lançavam o arroz ao vento, com uma espécie de forquilha, e os grãos caíam, já limpos, do outro lado. Era belo como um bailado. Lembrei-me de Lili, jogando a revolta cabeleira para trás das costas — e, estranhamente, senti medo. Ao longe três búfalos mergulhavam na lama. Um enorme cartaz completava o cenário: «United Colors of Benetton». Acho que é a isto que hoje se chama globalização.

O mar estava calmo em Candolim. Caminhei devagar pela areia molhada. Nas últimas semanas tinham sido erguidas novas barracas, a poucos metros umas das outras, e em todas elas havia dezenas de turistas europeus. O Bicho da Sede, o bar de Jimmy, no extremo sul da praia, distingue-se das outras construções por possuir uma espécie de terraço. Eu gosto de almoçar lá em cima. É como subir ao mastro mais alto de um veleiro. Quando o vento bate com força, toda aquela estrutura dança, o madeirame range, e não poucas vezes receei que pudesse ceder e cair. O Bicho da Sede vê-se ao longe, não apenas por causa do terraço, mas também porque Jimmy mandou fincar, diante do edifício, três altos mastros com bandeiras coloridas na extremidade.

Fui a Candolim à procura de Jimmy. Queria dizer-lhe para esquecer o negócio do coração. Estava até disposto a pagar-lhe qualquer coisa, a percentagem dele, para anular o compromisso. Mentalmente ia esboçando e corrigindo o diálogo que teríamos quando o encontrasse. Pensava nisto quando alguém me tocou nas costas e disse o meu nome, José?, mas ao voltar-me o sol bateu-me em cheio no rosto e fechei os olhos. Mudei de posição, abri as pálpebras, e vi uns seios firmes, com mamilos túmidos e suaves. Foi o que vi antes de reconhecer a mulher:

— Lailah?!

É sempre um pouco estranho conversar com uma mulher nua, ou quase nua, diante de uma multidão. Sobretudo se já a conhecemos e é a primeira vez que a encontramos assim. Em primeiro lugar a roupa parece modificar a personalidade de uma mulher. A maior parte das mulheres torna-se mais frágil depois que se despe. Muito raramente acontece o contrário: Lili, por exemplo, cresce. Há uma autoridade, uma misteriosa força, no corpo desnudo dela. Lailah, como dizer?, parecia mais feminina. A outra razão por que acho difícil conversar com uma mulher em tronco nu, na praia, é óbvia: preciso de fazer um grande esforço, e julgo que acontece o mesmo a qualquer homem, para fingir que não reparei nos seios dela. Um tipo fica ali, controlando o olhar, e tentando ao mesmo tempo elaborar um discurso.

— Já sabes o que aconteceu?

Lailah usava um lenço colorido amarrado à cabeça. O sol tinha-lhe dourado a pele. Não fosse o facto de revelar aquela terrível língua de cobra de cada vez que abria a boca e eu seria capaz de me apaixonar. Perguntei por Sam.

— Foi a Bombaim — disse. — Já sabes o que aconteceu ao Jimmy?

Jimmy? Naquele momento esqueci os seios dela.

— Mataram-no. Encontraram-no morto esta manhã, lá em cima, no terraço do bar. Dizem que foi morto à facada, talvez por ladrões, talvez por algum viciado. Ele vendia drogas. O mais estranho é que lhe arrancaram o coração, arrancaram-no pelas costas, e a polícia ainda não o encontrou. Quero dizer, sabes?, o coração.

Pretidão de amor

Luís de Camões não parece ter gostado das mulheres de Goa. Sobre as portuguesas que encontrou por aqui escreveu ele, em carta a um amigo: «Todas caem de maduras, que não há cabo que lhe tenha os pontos, se lhe quiserem lançar pedaço.» Sobre as indianas escreveu pior: «Além de serem de ralé (...) respondem-vos numa linguagem meada de ervilhaca, que trava na garganta do entendimento, a qual vos lança água na fervura da maior quentura do mundo.» Linguagem meada de ervilhaca? Sabendo-se que a ervilhaca é uma trepadeira de confusos e enredados caules compreende-se melhor o violento veneno desta metáfora. O poeta terminou, afinal, cativado por uma escrava negra, «de rosto singular, olhos sossegados, pretos e cansados». Uma «Pretidão de Amor», Bárbara de seu nome, cuja beleza inspirou um dos mais extraordinários poemas escritos em língua portuguesa: «Tão doce a figura, / Que a neve lhe jura / Que trocara a cor. / Leda mansidão, que o siso acompanha; / Bem parece estranha, / Mas bárbara não.»

Quando vi K. pela primeira vez lembrei-me logo dos versos de Camões. Foi isto em Baga, uma praia poucos quilómetros a norte de Pangim, entre Candolim e Anjuna, durante um espetáculo de moda produzido pelos novos estilistas goeses. As noites em Baga são famosas. A vila, pequena, é composta quase só por restaurantes e casas que vendem artesanato. A festa foi no Tito's, um bar que fica aberto até de madrugada, com vários ambientes e uma pista de dança ao ar livre. Gostei do desfile. A Índia tem excelentes estilistas, capazes de combinar a exuberância ruidosa, a assombrosa opulência do folclore local, com as exigências práticas da vida moderna. Olivier Bastos, o pianista, que foi quem me levou a Baga, disse-me que alguns destes estilistas goeses, em cujas mãos os tecidos mais antigos ganham novas formas sem no entanto perderem a nobreza, já são reconhecidos em todo o país.

Também gostei das modelos, todas elas, soube depois, vindas de Bombaim. K. foi a terceira a pisar a passarela. «Rosto singular, / Olhos sossegados, / Pretos e cansados, / Mas não de matar. / Uma graça viva, / Que neles lhe mora, / Para ser senhora / De quem é cativa. / Pretos os cabelos, / Onde o povo vão / Perde opinião / Que os louros são belos. / Pretidão de Amor, / Tão doce a figura, / Que a neve lhe jura / Que trocara a cor. / Leda mansidão, que o siso acompanha; / Bem parece estranha, / Mas bárbara não. / Presença serena / Que a tormenta amansa; / Nela, enfim, descansa / Toda a minha pena.» Olivier percebeu o meu espanto:

— É sul-africana — explicou. — O pai, médico, vive em Bombaim. A mãe está em Londres. O pai é meu primo, é goês, mas trabalhou muitos anos na África do Sul.

No fim do desfile as manequins passearam pelo palco, para entusiasmo do público, apenas com um lenço de seda amarrado à cintura e uma folha de bananeira cobrindo os seios. K., com aquela alegre indulgência de que falava Camões, deixou cair a folha (aplausos), mas nenhuma das restantes modelos a imitou.

Fomos jantar, eu, ela e Olivier, num restaurante francês mesmo ao lado do Tito's. A comida era ótima. A companhia ainda melhor. Falámos de África. Trocámos frivolidades. Depois K. lembrou a estranha morte de Jimmy, há uma semana:

— Não se fala de outra coisa. Parece que a polícia não conseguiu encontrar o coração. Não compreendo. Para que é que alguém arranca o coração de um homem?

— Certamente — disse Olivier — para o matar. Nenhum homem consegue viver muito tempo sem o coração. Ou talvez quisessem saber se ele tinha bom coração.

Aquilo chocou-me. Caramba! Jimmy era meu amigo.

— Eu achava-o uma boa pessoa.

— Boa pessoa? Vendia drogas, mulheres, divertimento, tudo o que pudesse interessar a um turista europeu. Também vendia, segundo me disseram, arte sacra e relíquias religiosas. Não sei se posso concordar consigo.

Fiquei calado. A menção ao comércio de relíquias deixou-me em pânico. Olivier saberia alguma coisa?

— Eu conhecia-o — disse K. —, ele costumava aparecer aqui, no Tito's, toda a gente gostava dele.

Olivier mostrou-se preocupado com o aumento do comércio de droga em Goa. Antigamente, segundo ele, a droga estava restrita às comunidades de *hippies* e os próprios traficantes eram europeus. A seguir os indianos entraram no negócio e agora também já são bons consumidores. Goa faz hoje parte do circuito internacional das drogas. O haxixe vem do Irão, da Turquia e do Afeganistão, a canábis de Kerala e Manali, o pó de toda a parte. Argumentei, um pouco irritado, que não foram os *hippies* que trouxeram as drogas para a Índia. Aqui, como em todo o mundo, sempre existiram substâncias capazes de alterar a consciência e pessoas capazes de utilizar essas substâncias. Muitos dos viajantes que passaram por Goa no século XIX referem, por exemplo, que era de uso comum, nessa época, a utilização da datura (*Datura fastuosa*), erva por vezes confundida com a figueira-do-inferno, entre a população cristianizada do território. À datura chamava-se também dutró, erva--feiticeira ou ainda erva-burladora, por ser utilizada para fins criminosos. O *Glossário Luso-Asiático* de Sebastião Rodolfo Dalgado, que comprei na livraria do velho Mendes, cita Garcia da Orta: «À minha senhora deu datura a beber uma negra da casa, e tomou-lhe as chaves e as joias que tinha ao pescoço, e as que tinha na caixa, e fugiu com outro negro.» Também se dizia que as portuguesas de Goa adormeciam os maridos dando-lhes a beber chá de datura, posto o que abriam as portas da casa e recebiam os amantes, às vezes na própria cama onde o marido jazia inconsciente. O dutró, cujo princípio ativo é usado para combater a asma, produz insensibilidade ou inconsciência temporária quando consumido em excesso, mas em pequenas quantidades provoca acessos de riso e um sentimento de euforia. Há quem suponha, a propósito, que as pitonisas de Apolo, em Delfos, consumiam esta erva, e era nesse estado de exaltação que pronunciavam os seus oráculos. Mais curioso ainda é o caso das bruxas. O mito das bruxas que voam em vassouras pode estar também relacionado com o uso de uma planta da família do dutró, a beladona, potente alucinógeno que, entre outros efeitos, provoca a sensação de voo. Acredita-se que as bruxas europeias, na Idade Média, praticavam uma cerimónia durante a qual era esfregado um unguento contendo beladona na vara de uma vassoura. Ao sentar-se sobre a vara, a bruxa absorvia a substância pela pele da vagina, zona sensível e muito irrigada, o que a conduzia a um estado de grande excitação sexual — e a fazia viajar através do tempo e do espaço (tremenda *trip*).

K. ficou impressionada com a história das bruxas. Despedimo-nos de Olivier, que tinha de animar nessa mesma noite um casamento, e fomos dançar. Fomos não, foi ela, eu fiquei a ver. O Tito's estava cheio. Havia alguns jovens indianos sacudindo-se em grupo, no meio da pista, numa coreografia que me lembrou a dos índios do Brasil nas suas cerimónias guerreiras para turistas. Acho um pouco melancólico, quase constrangedor, ver dançar um europeu. Os indianos, imitando os europeus, não o são menos. Em contraste com a suavidade de K., de cujos movimentos parecia fluir a própria música, era ainda mais aflitivo o desconcerto da turba. Disse-lhe isso. Ela olhou-me com aqueles olhos sossegados, pretos e cansados, que Camões cantou:

— Ninguém dança como nós!

Contou-me que em Londres, onde viveu muito tempo, atravessava as noites, rodopiando, nas discotecas africanas. Pediu-me que a levasse ao hotel. Expliquei-lhe que não tinha carro (nessa noite dispensara Sal). Ela sorriu:

— Só quero a companhia. Eu trouxe o motorista.

Era ela o motorista. Fomos de lambreta, por uma estrada de terra, que subia, ia subindo sempre, serpenteando entre o abismo cerrado de um bosque. A Lua, muito redonda, luzia nas pedras. O hotel, sobre uma colina, lembra um palácio mouro. A enorme piscina, que se estende em curvas suaves por mais de trinta metros, destilava na escuridão uma luz cor de esmeralda, fria e vaga como o lume dos pirilampos.

Fiquei sem fôlego:

— Jesus Cristo!...

— Jesus Cristo não poderia ficar aqui — ironizou ela —, é muito caro.

O hotel tem apenas sete apartamentos, na verdade pequenas casas em formato de concha, com o pé-direito extremamente alto e por isso frescas o ano inteiro. As casas estão isoladas umas das outras, ao redor da piscina, e diante do belíssimo edifício central. Este, encimado por uma enorme cúpula dourada, mais elevada ainda que as árvores do bosque, deve ser visível de muito longe.

K. deixou-me estendido numa das cadeiras da piscina, absorto, assombrado pela imensidão da noite, e foi ao quarto mudar de roupa. Longe das cidades basta erguer os olhos, depois que o sol desaparece, para contemplar o maior espetáculo do mundo. Redescobri aqui, em Goa, esse prazer. K. não demorou. Voltou momentos depois, trazendo à cintura o mesmo lenço de seda, azul-metálico, com que encerrara o desfile — mas sem a folha de bananeira. Sentou-se à beira da piscina e enrolou um cigarro. O cheiro doce da erva espalhou-se rapidamente. Ela aspirou, tossiu e estendeu-me o cigarro. Recusei. Fumei uma única vez, aos seis anos de idade, folha seca de bananeira, e ainda hoje me sinto enjoado só de pensar nisso.

— Foi o Jimmy quem me vendeu a liamba. Devias experimentar. É muito boa.

Outra vez o Jimmy. Despi-me e entrei na água. A piscina pulsava na noite como um gigantesco coração cor de esmeralda. K. terminou de fumar o cigarro. Falou com esforço, muito baixo, como se o fumo lhe tivesse escurecido a voz:

— Jimmy estava com medo. Não sei do que ele tinha medo. Mas, acredita, dava até medo o medo dele. Disse-me que tinha feito algo de abominável e que o iam matar. Pediu-me, enfim...

Regressou ao quarto e dessa vez trouxe uma dúzia de pequenos barcos, feitos de latas velhas, que por diversas vezes vi à venda nos mercados de Goa. São brinquedos simples mas engenhosos. Colocando uma vela acesa numa pequena colher, no bojo do bicho, o calor aquece uma pequena caldeira e o barco move-se então, matraqueando, como um autêntico vapor. K. colocou os barquinhos na piscina, acendeu as velas e lançou-os, desencontrados, cada qual deslizando numa diferente direção. Ela batia as palmas, corria à volta da piscina, gritava feliz como uma criança. Finalmente os barquinhos sossegaram. Dali, de dentro da piscina, via-se a escuridão do bosque descendo sobre o mar, as luzes dos barcos (traineiras, cargueiros?) que se confundiam muito ao longe com o fulgor das estrelas. K. soltou o lenço e deslizou para dentro da água. Abracei-a.

— O que te pediu o Jimmy?

K. afundou o rosto no meu ombro e não respondeu. O corpo dela confundia-se com a água. Quero dizer, era igualmente cálido e suave, igualmente impossível de aprisionar. Recitei em português:

— Presença serena / Que a tormenta amansa; / Em ti, enfim, descansa / Toda a minha pena.

Não saberia traduzir aquilo para inglês. Nem queria. O que eu queria era contar-lhe o que se passara entre mim e Jimmy. Precisava que alguém me dissesse, que estupidez!, Jimmy morreu porque estava envolvido com gente perigosa. As pessoas matam por causa de drogas, por causa de poder ou de dinheiro, ninguém mata por causa de um coração milagroso. E no entanto, mata, as pessoas matam por qualquer motivo. O homem é o único animal capaz de matar até sem motivo algum. Fiquei calado. Mais valia não lhe dizer nada.

O oráculo de Shri Manguesh

Y para el cruel que me arranca
El corazón con que vivo
Cardos y ortigas cultivo.
Cultivo una rosa blanca.

Grupo Tierra Maestra, cantando «Guajira
Guantanamera», de JOSEÍTO FERNÁNDEZ

Os mesmos atos capazes de arrastar o ignorante
para as profundezas do inferno podem
levar o homem sábio à máxima libertação.

Aforismo tântrico

1

O LINGA, OBJETO DE PEDRA ou madeira em forma de falo
— o pénis ereto de Xiva, a poderosa força criadora do ma-
cho, o eixo do mundo —, pode ser visto em numerosos
templos hindus. O Templo de Shri Manguesh, um dos
maiores e mais opulentos de Goa, acolhe peregrinos de
todo o Estado que vêm cultuar uma pedra muito antiga.
Está ali desde o século XVI, antes mesmo que o atual templo terminasse de ser construído, duzentos anos mais tarde.
Veio de Cortalim, povoação na margem sul do rio Zuari,
salva por um grupo de crentes depois que o templo original
foi destruído pela fúria cega dos invasores portugueses.
Imagino a epopeia: uma pobre gente em fuga, carregando
através da floresta um grande falo de pedra, e atrás desta,
num afã de predadores, outra pobre gente, transportando
bandeiras e altas cruzes com a imagem de um homem torturado. Uma coisa não se torna necessariamente verdadeira
pelo facto de alguém morrer por ela — escreveu Oscar
Wilde —, e isto é óbvio, mas quando muita gente morre
por alguma coisa esta torna-se pelo menos verosímil (ainda
que a nós, os céticos, nos pareça ridícula).

Chega-se ao templo através de uma comprida alameda
ladeada de altas árvores e logo se vê a bela torre de lâmpa-
das, no pátio, um raro exemplo de como a arquitetura religiosa indiana incorporou elementos do barroco ibérico.
Mesmo à entrada do templo descobri uma estranha máquina
para tocar tambores, muito bela, acionada por um pequeno
motor a gasolina. Deve servir em festividades religiosas, mas
receio que o barulho do motor perturbe a batucada. No fundo é um instrumento precursor das ignóbeis caixas de ritmos.

Lá dentro dezenas de passarinhos saltitavam pelo chão
de mármore, entre os devotos, como alegres flocos de algodão. A parede que dá acesso à área reservada aos sacerdotes é de prata bordada. Sentei-me também eu no mármore
e fiquei muito tempo tentando compreender as figuras
ao meu redor. Ganesh, a simpática divindade com cabeça
de elefante, o Deus da Sabedoria e da Prudência, cultuado
na Índia inteira. Lembro-me de que há alguns anos todas
as representações de Ganesh, ao redor do mundo, começaram a beber leite. Mostraram nas televisões uma grande estátua de Ganesh, em Londres, a beber um balde de leite.
Um amigo meu, o jornalista Rui Cardoso Martins, foi ver
o que acontecia nos templos hindus de Lisboa e voltou per-
plexo: «Aquilo não tem explicação. Colocam uma pequena
imagem num prato com leite, uma imagem de Ganesh, e o
leite desaparece em questão de minutos.»

No friso superior reconheci as dez encarnações de Vixnu
— um peixe, uma tartaruga, um javali, o homem com cabeça de leão chamado Narasinha; o anão Vamana, o sacerdote
guerreiro Parashurama e o seu machado; o Príncipe Rama,
Rei de Ayodhya, cuja saga é contada no épico Ramayana;
Krishna, Buda e finalmente o homem-cavalo Kalki — que
ainda não chegou, há de chegar, e quando isso acontecer

termina o mundo. É curiosa a progressão, do peixe a Buda, quase seguindo o modelo da evolução da vida, da água à terra, dos seres mais simples aos mais complexos.

Tinha comprado à entrada grinaldas de flores para oferecer aos deuses, mas não sabia o que fazer com elas. Um sacerdote chamou-me. Era um homem gordo, sereno, em tronco nu. Usava, como é prática entre os brâmanes, um cordão branco cruzado sobre o peito. Tomou as flores das minhas mãos e entregou-as a outro sacerdote. Em seguida olhou-me nos olhos, puxou-me para um canto e afastou-se. Voltou pouco depois segurando uma tigela com arroz. Sentou-se num pequeno banco, diante de mim, e principiou a manusear os bagos de arroz, ao mesmo tempo que um murmúrio insistente irrompia dos seus lábios. Há alguns anos, ao acordar, encontrei o meu gato vagando em transe pela casa, e zumbindo, como um animal elétrico. Agarrei-o e vi que tinha uma libélula, ainda viva, entalada entre os dentes. O sacerdote parecia esconder também uma libélula dentro da boca. Isto durou uns bons minutos. Então, sem voltar a olhar para mim, sem me perguntar nada, ele murmurou num português quase perfeito:

— A cobra matou o seu amigo.

Fiquei sem fôlego:

— Não foi uma cobra...

— Sim, sim, a cobra. O inimigo roubou-lhe o coração. Vá-se embora daqui. Vá-se embora de Goa e entretanto tenha cuidado, muito cuidado, sobretudo com a pessoa que veio de África. A cobra está atrás de si.

2

ENCANTADOR. SIM, BEM SEI, esta é outra daquelas palavras que de tanto serem mal utilizadas perderam a força. Tentem então, por favor, pensar nela como era no princípio — uma palavra do domínio das artes mágicas. Encantar é o nome que se dá ao ato de lançar um feitiço: assim como um pescador lança a rede à água, um mago lança o seu encanto às almas, e às vezes com idênticos gestos. Charme, palavra que por vezes me irrita por ser um francesismo, também serve. Sendo francesa vem no entanto do latim *carman*, que significa fórmula mágica. Isto para dizer que são estas as melhores palavras para definir Pedro Dionísio: encantador. O sujeito tem charme. Ontem bateu à porta do meu quarto — tentava eu ordenar, no papel, a confusa memória destes dias — e convidou-me a subir ao seu apartamento. Tinha chamado alguns amigos para jantar e queria-me lá. Lili, é claro, também estava. Vestia um sari em vários tons de vermelho e açafrão, com tal naturalidade, mesmo intimidade, que parecia ter nascido com ele. Encontrei ainda dois outros casais indianos e Olivier Bastos, o pianista, na companhia de uma mulher muito esguia, e de gestos tão suaves e vagarosos que imediatamente me lembrou uma garça.

Olivier cumprimentou-me com efusão e apresentou-me à garça. Observou, divertido, que havia ali três mulheres indianas e uma europeia e essa era a única que vestia um sari. Pedro Dionísio cofiou o largo bigode, puxando e revirando as pontas. Os olhos verdes cintilaram de malícia:

— É a desnacionalização dos goeses de que falava o nosso querido T.B., o pai da nação.

T.B., T.B. Cunha, Tristão Bragança da Cunha, publicou nos anos cinquenta um opúsculo intitulado «A Desnacionalização dos Goeses», acusando a população católica de Goa de se ter deixado alienar culturalmente. O livro ainda hoje provoca polémica. A mim, o que mais me diverte é que o seu autor, nascido em 1891 no seio de uma das mais importantes famílias crioulas de Goa, falava português como língua materna — aliás, falava apenas português e francês, não sendo capaz de comunicar em concanim e muito menos em hindi. Segundo o escritor Mário Cabral e Sá, «Tristão Bragança da Cunha foi de facto o primeiro goês com uma perspetiva nacional de integração na Índia. A verdade, porém, é que a Índia, tal como hoje existe, é uma criação dos ingleses, da mesma forma que Goa foi uma criação dos portugueses. A Índia, antes dos ingleses, era apenas uma noção, não era uma nação. O Tristão, ao contrário de outros intelectuais goeses, como Luís Menezes de Bragança ou Francisco Luís Gomes — os quais, bem analisadas as coisas, queriam uma Goa dentro da comunidade de língua portuguesa, porque só falavam português —, o Tristão lutou sempre pela integração na Índia.»

Tristão Bragança da Cunha estudou primeiro no Colégio Francês de Pondicherry, e depois na Sorbonne, em Paris, onde se licenciou em engenharia elétrica. Em Paris tornou-se amigo de Chou En-Lai, que foi seu colega de quarto, e de outros dirigentes revolucionários de países do Terceiro Mundo. Morreu em Bombaim, aos 67 anos, frustrado e empobrecido. Conta-se que no fim da vida abandonou a camisa e a gravata (usava apenas balalaicas), mas nunca ninguém o viu com o traje tradicional indiano. À mesa do jantar mandava colocar os talheres de prata, para sopa, peixe, carne e sobremesa, todos os pratos respetivos, com o seu brasão, e os copos de cristal, mas já só tinha pão para comer e água para beber.

Pedro Dionísio acredita que para T.B. Cunha não era difícil conciliar a origem aristocrata, a cultura mestiça, indo-portuguesa, e o discurso nacionalista e socialista, de exaltação popular:

— Ele conseguiu fazer a síntese entre o pensamento de Gandhi e o de Lenine. Foi, em todo o mundo, o único gandhiano estalinista. Para um homem assim não havia contradições. Havia a vida! Aliás, veja bem, é nesse magnífico paradoxo que ele se revela como indiano. Na nossa cultura todas as coisas contêm em si a sua própria contradição. Isto é algo que os ocidentais mostram dificuldade em compreender. Kali, por exemplo, para um europeu lembra o diabo. E no entanto Kali, com aquele aspeto terrível, é também venerada como mãe extremosa, protetora da maternidade. Nenhuma moeda tem apenas um lado. Assim como não há vida sem morte nem luz sem sombra, da mesma forma o bem não faz qualquer sentido se não houver o mal.

Dizem as lendas que Kali tomou o gosto ao sangue quando foi chamada a combater um demónio chamado Raktavija, considerado até então indestrutível, pois por cada gota de sangue que derramava no chão nasciam outros mil seres idênticos a ele. Kali atravessou-o com uma lança, ergueu-o no ar e bebeu todo o seu sangue antes que este alcançasse o chão.

A seguir ao jantar — caril de camarão e sarapatel — Pedro Dionísio tocou flauta (achei-o um excecional flautista), e Olivier recordou ao piano velhos sucessos do Carnaval carioca. Entretanto bebemos féni, ou fenim, forte aguardente de caju, orgulho de todos os goeses.

Olivier quis saber se eu fora à festa de São Francisco, em Velha Goa, na passada sexta-feira. Disse-lhe que sim. Não podia deixar de ir. A multidão era tão compacta, porém, que preferi passear pelas feiras armadas à pressa ao redor daquele vasto espaço, e por isso não assisti às missas. Milhares de pessoas faziam fila — a autêntica fila indiana — para entrar na Basílica do Bom Jesus. Pela roupa era possível distinguir os católicos dos hindus. Os homens vestiam quase todos fato e gravata. As mulheres, as cristãs, passeavam-se com vestidinhos de folhos, cor-de-rosa ou azul-celeste, como delicadas figuras de um conto de fadas. As hindus, naturalmente em menor número, sobressaíam no fulgor dos seus saris de cerimónia. Toda esta gente se movimentava com um alegre fervor, um contentamento solene, concentrado, que quase me contagiou. A poucos passos dali, porém, nas barracas montadas à pressa para aproveitar a cerimónia, decorriam animados jogos de azar e comia-se e bebia-se num destempero que excluía o sagrado.

Pedro Dionísio sorriu:

— O Diabo nunca anda muito longe do Paraíso.

Olhei-o espantado. Plácido Domingo já me tinha dito aquilo. Foi então que Lili atirou com o cadáver de Jimmy para o meio da sala:

— O que aconteceu afinal com aquele teu amigo de Candolim, Jimmy, Jimmy Qualquer-Coisa, o tipo do Bicho da Sede?

Pedro Dionísio acrescentou:

— Lili disse-me que tu tinhas negócios com ele...

Se fosse outra pessoa a dizer aquilo teria ficado furioso. O proprietário do Grande Hotel do Oriente, porém, é um daqueles sujeitos que nos fazem sentir, logo ao primeiro encontro, que somos amigos íntimos. Sempre que o vejo fico à espera que pergunte pela saúde da minha mãe ou que recorde episódios passados de uma infância comum. Tenho a certeza de que com um simples sorriso, um sorriso daqueles, seria capaz de acalmar uma matilha de lobos. Limitei-me, portanto, a negar com veemência:

— Eu?! Que disparate!...

— Bom, não importa. Se precisares de nós, se tiveres algum problema, estamos aqui para te ajudar.

Agora, sozinho no meu quarto, penso em tudo isto e tenho a certeza de que Lili lhe falou na caixa. Acho que ela sabia, quando a viu no meu quarto, o que estava lá dentro.

3

Fui ontem despedir-me de Plácido Domingo. Era ao entardecer e ele descansava na varanda, sentado numa grande cadeira de baloiço, com um grosso charuto entre os lábios. Saudou-me alegremente:

— Está de partida?!

Disse-lhe que sim. Nunca o tinha visto a fumar. Achei que a barba dele, longa e desgrenhada, de um branco sem mácula, não combinava com o charuto, mas depois lembrei-me do velho Fidel Castro. Olhei-o melhor e percebi que tinha diante de mim, realmente, um revolucionário na reforma. Um tanto cínico, sem dúvida, mas isso acontece muitas vezes às pessoas que foram na juventude demasiado ingénuas. Ele apontou para uma das cadeiras e convidou-me a sentar.

— Você parece assustado. Não se esqueça de que o medo, como dizia Hemingway, é quase sempre uma falta de capacidade para suspender a imaginação.

Uma brisa fresca transportava de longe fragmentos de vozes, risos, um som de água correndo, o frémito ansioso das cigarras. Trazia também o cheiro verde do mato, um

perfume adocicado a fruta madura, e com isso a memória
límpida de outros tempos — eu, correndo à frente da chuva, saltando os largos muros de adobe dos quintais, rou-
bando mangas das mangueiras altas, laranjas dos laranjais.
Meninos dançando nos charcos, jogando futebol com uma
bola de trapos, lançando ao céu papagaios de todas as cores. Abanei a cabeça para afastar aquelas imagens. Eram,
de alguma forma, a minha eternidade. Plácido Domingo
percebeu o gesto.

— Você conhece uma história sobre cinco amigas que
voltaram a encontrar-se, depois de mortas, num salão de
chá?

Eu não conhecia.

— Bom, elas tomavam chá e conversavam. Era só isso
o que faziam. Estavam ali as cinco, conversando, trocando
memórias e bebendo chá. E então, de repente, percebe-se
que umas estão no inferno e outras no paraíso.

— É uma boa história. E o senhor, comandante, está no
paraíso ou no inferno?

Elias, o Segredo, apareceu nessa altura segurando uma
bandeja. Trazia café, bolinhos, torradas. Sorriu, mostrando
o largo marfim dos dentes, quando me dirigi a Plácido Domingo tratando-o pela sua antiga patente na guerrilha.
O velho não pareceu reparar nisso:

— Acredita se lhe disser que não sei?

Servi-me do café.

— Foi para as pessoas como o senhor, julgo, que Deus
criou o purgatório.

Enquanto conversávamos levantou-se do oriente um
manso alvoroço de asas e um bando de garças atravessou
a paisagem. Vi-as desaparecer levando no dorso o último
fulgor do dia. Ficámos em silêncio. Percebi que já não tínhamos mais nada a dizer um ao outro. Pedi licença para ir

à casa de banho. Não devia ter bebido café. Nunca bebo. O café deixa-me angustiado. Atravessei o corredor, um corredor interminável, com a sensação de que os móveis flutuavam, imponderáveis, no secreto lume da tarde. Ia a entrar na casa de banho quando uma mancha de cor me chamou a atenção. Pousada numa mesinha, meio encoberta por um pano vermelho, estava a caixa. A minha caixa. A caixa de Prabahkar. Estudei o corredor, com o coração aos saltos, tentando distinguir em meio às sombras a sombra mais escura de Elias. Não o vi. Debrucei-me cuidadosamente sobre a mesa, respirei fundo e abri a caixa.

Estava vazia.

Entrei na casa de banho, fechei a porta à chave, abri a torneira e lavei o rosto. O medo é quase sempre uma falta de capacidade para suspender a imaginação. Muito bem, certo, excelente frase. Mas como diabo se faz para suspender a imaginação?

Não devia ter bebido o café. Sentia as entranhas a levitar. Tremia. Saí da casa de banho e percorri todo o corredor, de regresso à varanda, tentando suspender a imaginação. Plácido Domingo estava onde eu o deixara. Estendeu-me uma caixa de papelão.

— Tome. É para si. Uma lembrança de Goa.

Durante um milésimo de segundo imaginei que fosse o coração de São Francisco Xavier. Era, afinal, uma serpente, em madeira escura, a cabeça erguida como se me fosse morder.

— É feita da raiz de uma árvore, chamada parri, que se acredita ter o poder de afastar as cobras. Cobra em concanim diz-se parró. Espero que o proteja.

4

Vi-a ao longe e reconheci-a imediatamente por causa do lume revolto dos cabelos. Corria na praia, com um vestido claro, e atrás dela, e em redor, corriam umas sombras negras. Compreendi depois que eram cães. Uns cães esguios e de pelo curto. Não sei dizer de que raça. Ela veio ter comigo, arfando, cansada do esforço. Os cães seguiram-na silenciosos.

— Não ias dizer adeus?

Encolhi os ombros. No Antigo Egito, o vermelho, identificado com a cor do deserto ardente, simbolizava o mal, tudo o que corrompe e destrói. Por isso os escribas utilizavam um líquido vermelho para escrever nos papiros as palavras daninhas. Isto também aprendi com Plácido Domingo. Talvez Lili, com a sua poderosa cabeleira ruiva, seja uma palavra daninha no grande dicionário de Deus.

— Não devias ter falado na caixa ao teu namorado. Tu sabes o que estava lá dentro, não é assim?

Ela ignorou a segunda parte da minha questão. Sacudiu a cabeleira e eu vi o sol girar no horizonte. Lamentei que fosse tão alta, tão bonita, sei que vou sentir saudades dela.

— Ele não é meu namorado. Fodemos, é tudo. Não uso namorados.

Estou agora sentado no sumptuoso salão de chá de um hotel em Bombaim. O meu avião parte à uma hora da madrugada. Bebo chá e espero. Releio o que anotei no meu pequeno caderno de capa preta. Descubro um poema, a lápis, na última página. Escrevi-o ao almoço, ontem, depois de visitar o mercado de Pangim: Há cores impossíveis no mercado. / (Queria-te ao meu lado / para lhes medir o lume). / E há murmúrios e perfumes / e em todos eu me perco, tão sozinho. / Apalpo as sedas, aliso o linho. / Dou cinco rupias por uma romã. / Faltas-me tu — toda a manhã». K. foi o título que dei ao poema. Ela prometeu-me que viria hoje para se despedir de mim. Tencionava oferecer-lhe estes pobres versos, mas provavelmente já não a verei, provavelmente nunca mais a verei. Viajar é perder pessoas. Alguém começa a tocar piano. Estou de costas para o pianista, mas posso até ver-lhe o rosto. Quem poderia tocar, em Bombaim, a «Dança da Solidão»? É um dos sambas mais bonitos de Paulinho da Viola. Olivier, não o posso negar, conhece o ofício. Assegurou-me, no intervalo, que a prima irá ao aeroporto. K. disse-lhe que tem uma encomenda para me entregar.

Quando vem a madrugada meu pensamento vagueia.
Corro os dedos na viola, contemplando a lua cheia.
Apesar de tudo existe uma fonte de água pura.
Quem beber daquela água não terá mais amargura.

O esplendor

«Certas palavras são como as especiarias», ensinou-me Plácido Domingo, «devem ser utilizadas com extrema parcimónia. Por exemplo, esplendor, solte esta palavra numa única página e ela perfumará todo o seu romance. Mas use-a sem discernimento e então transformar-se-á em ruído.»

Vou usá-la agora. Voávamos há horas sobre nuvens brancas. Comovia olhar tanta brancura. E então, sem aviso, irrompeu em meio às nuvens o brusco esplendor dos Alpes. Uma ilha de gelo, em meio a um infinito mar de espuma, que o sol da madrugada tingia de vermelho. Era, possivelmente, Jungfrau, o Cume Virgem, que ganhou esse nome por ter sido um dos últimos a ser conquistado pelo Homem. Encostei a cabeça à janela e chorei. Ao meu lado estava sentado um garoto indiano. Tocou-me no ombro:

— Sente-se mal?!

Gostaria de o matar. Desde Bombaim que não fazia outra coisa senão atormentar-me. No lugar ao meu lado, quando o avião descolou, não ia ninguém. Ele percebeu isso e mudou-se para ali. Primeiro pediu para ver o meu computador. Colocou-o ao colo e deixou-o cair. Mais tarde derrubou um copo cheio de sumo de laranja nas minhas calças. Finalmente adormeceu, babando-se, no meu colo.

— Sente-se mal?!

Não deve ser fácil matar alguém dentro de um avião, pelo menos sem levantar suspeitas, mas acho que o mais difícil é eliminar o corpo. Isso, sim, é um desafio. Num voo noturno talvez seja possível esconder o cadáver no quarto de banho. Pensava nisto, seriamente, quando uma das hospedeiras se dirigiu a mim.

— Senhor Eduardo? Desculpe, pediram-me em Bombaim para lhe entregar uma encomenda. Só agora me lembrei...

Estendeu-me um pequeno pacote, leve, embrulhado em papel pardo. Pensei em K. — ela, afinal, não apareceu. Depois agarrei o pacote e soube logo o que continha. Podia sentir dentro dele a presença de alguma coisa viva. Um pequeno animal atormentado. Pousei-o no chão, entre os meus pés, com um zelo de mãe. O garoto inclinou-se para o ver melhor. Nos olhos negros, muito abertos, surpreendi a minha própria fugidia imagem. Achei-o de repente igual a mim. A curiosidade, essa estranha força que nos empurra para diante, mesmo quando todos os sentidos nos dizem para recuar, a curiosidade há de levá-lo longe — eventualmente até ao abismo. Ele apontou o pacote:

— Não o vai abrir?

Anhanguera

ANHANGUERA (DIABO VELHO, EM TUPI), anjo do veneno, anjo mau, anjo-rebelde, arrenegado, atentado, azucrim, beiçudo, belzebu, bicho, bicho-preto, bode-preto, bruxo do inferno, bute, cafuçu, cafute, caneco, canheta, canhim, canhoto, cão, cão-do-segundo-livro, cão-miúdo, cão-tinhoso, capa-verde, capeta, capete, capirocho, capiroto, careca, carocho, cifé, coisa, coisa-à-toa, coisa-má, coisa-ruim, contra, coxo, cujo, debo, decho, demo, demónio, diá, diabo, diabrete, diabro, diacho, diale, dialho, diangas, dianho, diogo, dragão, droga, dubá, espírito das trevas, espírito maligno, excomungado, exu, exu-tranqueira, feio, figura, fute, futrico, galhardo, gato-preto, génio das trevas, génio do mal, grão-tinhoso, iblis, indivíduo, inimigo, lúcifer, mafarrico, maioral, maldito, mal-encarado, maligno, malino, malvado, mau, mofento, mofino, moleque, moleque-do-surrão, não-sei-que-diga, nem-sei-que-diga, pai da mentira, pai do mal, pé-cascudo, pé de cabra, pé-de-gancho, pé de pato, pé-de-peia, pedro-botelho, porco, porco-sujo, príncipe da treva, príncipe das trevas, príncipe do ar, príncipe dos demónios, que-diga, rabão,

rabudo, rapaz, romãozinho, sapucaio, sarnento, satã, satanás, serpente infernal, serpente maldita, sujo, temba,
tendeiro, tentação, tentador, tição, tinhoso, tisnado, tran-
ca-ruas.

Agradecimentos

A Adelino Costa, representante da Fundação Oriente em Goa, pela paciência e cortesia. A Álvaro Ferreira, Luís Francisco de Sousa, Mário Cabral e Sá, Mário Miranda, Vasco Silveira e ainda, em Portugal, a Inês Correia, Judite de Menezes e Dorinda Agualusa. Finalmente a Ana Sofia Oliveira, em Barcelona, que me apresentou a Seth.

Índice

SÉRIE LÍNGUA COMUM

SÉRIE SERPENTE EMPLUMADA

Alberto Torres Blandina
Coisas Que Nunca
Aconteceriam em Tóquio
Ali Smith
A Primeira Pessoa
e outras histórias
Amor Livre e outras
histórias
Qualquer Coisa Como
Bruce Chatwin
Na Patagónia
Regresso à Patagónia
Os Gémeos de Blackhill
O Vice-Rei de Ajudá
O Canto Nómada
Anatomia da Errância
O Que Faço Eu Aqui?
Utz
Debaixo do Sol
Carmen Posadas
A Fita Vermelha
Cees Nooteboom
A Máscara de Neve
Christopher Isherwood
Um Homem Singular
Adeus a Berlim
Encontro à Beira-Rio
Mister Morris Muda
de Comboio
Claudio Magris
E então Vai Entender
Danúbio
A História Não Acabou
Às Cegas
Dana Spiotta
Destruir a Prova
Darin Strauss
Metade da Vida
Dave Eggers
O Sítio das Coisas
Selvagens
Zeitoun
Conhecereis a Nossa
Velocidade!
Como Estamos Famintos
Uma Obra Enternecedora de
Assombroso Génio
David Byrne
Diário da Bicicleta
David Foster Wallace
A Piada Infinita
Elmore Leonard
Cuba Libre
François Vallejo
Incêndio no Chiado
Geoff Dyer
Yoga para Pessoas Que não
Estão para Fazer Yoga
Gérald Messadié
A Senhora Sócrates

Giorgio Bassani
O Jardim dos Finzi-Contini
Os Óculos de Ouro
A Garça
Irvine Welsh
Cola
Crime
Ecstasy
Lixo
Porno
Se Gostaste da Escola Vais
Adorar o Trabalho
Ismail Kadaré
Um Jantar a Mais
O Acidente
Os Tambores da Chuva
J.D. Salinger
À Espera no Centeio
Franny e Zooey
Javier Raverte
Deus, o Diabo e a
Aventura
Jean D'Ormesson
A Criação do Mundo
Jennifer Egan
A Visita do Brutamontes
José Manuel Fajardo
O Meu Nome É Jamaica
Juan Jose Millás
Laura e Júlio
Julian Barnes
O Papagaio de Flaubert
Nada a Temer
O Sentido do Fim
Jung Chang
Cisnes Selvagens
Kingsley Amis
A Sorte de Jim
Gosto Disto Aqui
Martin Amis
A Viúva Grávida
Os Papéis de Rachel
O Segundo Avião
A Informação
Dinheiro
Lionel Asbo
Miriam Toews
Irma Voth
Patti Smith
Apenas Miúdos
Paul Theroux
Viagem por África
O Velho Expresso
da Patagónia
Regresso à Patagónia
Mão Morta

A Arte da Viagem
O Grande Bazar Ferroviário
Raymond Carver
O Que Sabemos do Amor
(Begginers)
Catedral
Fogos
Richard Yates
Jovens Corações em Lágrimas
Perto da Felicidade
O Desfile da Primavera
Onze Tipos de Solidão
Saša Stanišić
Como o Soldado Conserta
o Gramofone
Saul Bellow
Morrem Mais de Mágoa
As Aventuras
de Augie March
Ravelstein
O Legado de Humboldt
Susan Sontag
O Amante do Vulcão
A Doença como Metáfora
A Sida e as Suas Metáforas
Renascer (Diário, 1)
Ao Mesmo Tempo
Ensaios sobre Fotografia
Teju Cole
Cidade Aberta
Thomas McGuane
Por Um Fio
Um Céu Sempre Azul
V.S. Naipaul
A Curva do Rio
Uma Casa para Mr. Biswas
A Máscara de África
W.G. Sebald
Do Natural
Austerlitz
Os Emigrantes
W.S. Burroughs
e Jack Kerouac
E os Hipopótamos Cozeram
nos Seus Tanques
Wei Hui
Shanghai Baby
Wells Tower
Tudo Arrasado, Tudo
Queimado
Xiaolu Guo
A Aldeia de Pedra
Yoko Ogawa
Hotel Íris
A Magia dos Números
Yrsa Sigurdardóttir
Cinza e Poeira
Lembro-me de Ti

Um Estranho em Goa, de José Eduardo
Agualusa, livro da série língua comum,
publicado por Quetzal Editores, foi
composto em caracteres Sabon,
originalmente criados em 1967 pelo
alemão Jan Tschichold (Leipzig, 1902-
-Locarno, 1974) em homenagem ao
trabalho tipográfico de Jakob Sabon
(1535-1580), e inspirados nos tipos
desenhados por Claude Garamond
(Paris, 1480-1561), e foi reimpresso por
Bloco Gráfico, em papel Munken
Pocket Cream/80 g, durante o mês
de janeiro de 2017.